A Faint Cold Fear Thrills Through My Veins – William Shakespeare

Zu diesem Buch

Hanns-Ulrich Lachmund, 40, hat (fast) alles erreicht: den Lehrstuhl an der Fachhochschule in Bramme, das Eigenheim für Uta und die drei Kinder, und es ist so gut wie sicher, daß er demnächst Rektor wird ... Ein fähiger Verwaltungsjurist hat seinen Weg gemacht.

Uta, die ihr Studium der Kinder wegen aufgegeben hat, fühlt sich manchmal ein wenig unausgefüllt, ist aber doch glücklich in ihrer harmonischen Ehe. Die Lachmunds sind eine Familie wie aus dem Bilderbuch.

Und dann ...

Eines Abends kommt Lachmund eben zurecht, um eine junge Frau am Selbstmord zu hindern; in letzter Sekunde reißt er sie vor dem herandonnernden Zug vom Gleis – und ganz Bramme ist des Lobes voll. Hoch klingt das Lied vom braven Mann. Nun, der Karriere wird's nicht schaden.

Lob, Anerkennung – und Dankbarkeit. Ann-Kristin, die junge Frau, ist rührend dankbar. Sie verfolgt Lachmund geradezu mit ihrer Dankbarkeit. Sie will alles für ihn tun.

Was anfangs rührend wirkte, dann eher komisch, wird lästig, störend, schließlich bedrohlich, am Ende existenzgefährdend: Ehekrise, Schwierigkeiten an der Hochschule; unerträgliche Nervenbelastung – die heile Welt der Lachmunds droht zu zerbrechen.

In seiner Not wendet sich Lachmund an den befreundeten Psychologen Hillermeier und bittet um Rat – brieflich, denn der Freund hat eine Gastprofessur in Kalifornien. Und Hillermeier tut, was er kann, aber die Katastrophe steht unmittelbar bevor. Die Zündschnur glimmt; das Pulverfaß ist randvoll.

Unterdessen sucht Hauptkommissar Kämena noch immer erfolglos den mysteriösen Frauenmörder, der Bramme schon seit geraumer Zeit in Atem hält.

-ky, eigentlich Horst Bosetzky, ist Soziologe und hat eine Professur in Berlin.

In dieser Reihe liegen bereits folgende Romane vor: Einer von uns beiden (Nr. 2244), Von Beileidsbesuchen bitten wir abzusehen (Nr. 2250), Stör die feinen Leute nicht (Nr. 2292), Ein Toter führt Regie (Nr. 2312), Es reicht doch, wenn nur einer stirbt (Nr. 2344), Einer will's gewesen sein (Nr. 2441), Kein Reihenhaus für Robin Hood (Nr. 2575) und, als Neuauflage in einem Dreierband, der lange vergriffene Band Zu einem Mord gehören zwei (Nr. 2526). Außerdem drei Kurzgeschichtenbände: Mitunter mörderisch (Nr. 2383), Von Mördern und anderen Menschen (Nr. 2466) und Mit einem Bein im Knast (Nr. 2565).

Co. = Peter Heinrich, geb. 1941, studierte Rechtswissenschaft und Psychologie. Seit 1974 Professor für Sozialpsychologie an der Fachhochschule für Verwaltung und Rechtspflege, Berlin. Unter eigenem Namen schrieb er zusammen mit Horst Bosetzky mehrere wissenschaftliche Werke. Da diese Zusammenarbeit sehr gut funktionierte, beschlossen beide, es auch einmal mit einem Roman zu versuchen.

-ky & Co.

Die Klette

rororo

Rowohlt

rororo thriller
Herausgegeben von Bernd Jost
und Richard K. Flesch

Originalausgabe
Veröffentlicht im Rowohlt Taschenbuch Verlag GmbH,
Reinbek bei Hamburg, Dezember 1983
Redaktion K. Schelf
Umschlagentwurf Ulrich Mack
Umschlagtypographie Manfred Waller

Satz Bembo (Linotron 404)
Gesamtherstellung Clausen & Bosse, Leck
Printed in Germany
580-ISBN 3 499 42659 5

Die Hauptpersonen

Prof. Dr. Hanns-Ulrich Lachmund	sieht den Gipfel schon dicht vor sich und stürzt ab.
Uta Lachmund	will ihn halten und läßt ihn dann doch fallen.
Ann-Kristin Angeleidt	kennt keine Gnade, wenn es um Dankbarkeit geht.
Prof. Dr. Alexander F. Hillermeier	droht bei der Umsetzung von Theorie in Praxis zu scheitern.
Erwin Schultz	behauptet, nur bis 3 zählen zu können.

Feuer soll man nicht in
Papier einwickeln

Chinesisches Sprichwort

Vorbemerkung

Die Briefe und anderen Dokumente, die wir hier einem größeren Leserkreis vorlegen, sind ein Zufallsfund. Bei der Arbeit an einem wissenschaftlichen Projekt stießen wir auf den Fall Lachmund. Er faszinierte uns besonders deshalb, weil er zeigt, wie nahe sich oft die gegensätzlichsten Eigenschaften und Gefühle in der Realität sein können: Würde und Lächerlichkeit, Normtreue und Verbrechen, Leistungsfähigkeit und Unzulänglichkeit, Liebe und Haß.

Über die Liebe ist viel geschrieben und gesungen worden. Daß sie nicht nur alles ist, was wir brauchen – *all you need is love* –, sondern auch zur unerträglichen Last werden kann, ist uns selten so deutlich geworden wie in den Dokumenten zum Fall Lachmund. Möge jeder aus dieser Erkenntnis die ihm angemessen scheinende Lehre ziehen.

Wir sind allen, direkt oder indirekt, Beteiligten dankbar, die uns ihre Unterlagen – insbesondere zum Teil umfangreiche Briefwechsel – zur Verfügung gestellt haben. Unser Wunsch wäre es, daß auch diejenigen, die uns zunächst keine Zustimmung geben wollten, nachträglich ihr Einverständnis zu der Veröffentlichung erklären und auf rechtliche Schritte verzichten, die den Verlag und uns in Bedrängnis bringen könnten.

Daß wir die Namen der beteiligten Personen und einige sonstige Daten verändert haben, liegt auf der Hand. Im übrigen haben wir uns ganz auf die eigenen Darstellungen der Akteure verlassen und nur sie zu Worte kommen lassen. Auf verbindende Kommentare haben wir deshalb durchweg verzichtet; da, wo uns die wiedergegebene Korrespondenz allzu lückenhaft erschien und das Verständnis des Gesamtzusammenhanges irgendwie hätte leiden können, haben wir die Beteiligten gebeten, bestimmte Schriftstücke aus dem Gedächtnis zu rekonstruieren. Dem Leser wird es also gelingen, ein abgerundetes Bild der Ereignisse zu gewinnen.

– ky & Co.

Auszug aus dem «Brammer Tageblatt» vom 6. März 1982

... Dieser dritte Frauenmord innerhalb von nur fünfzehn Monaten hat die Bevölkerung erneut in Angst und Schrecken versetzt. Nach Einbruch der Dunkelheit gleicht Bramme in vielen seiner Ortsteile einer verlassenen Stadt. Im Bereich der Brammermoorer Heerstraße, in deren Nähe zwei der drei schrecklichen Verbrechen begangen worden sind, haben sich viele Bürger zu sogenannten «Begleitgemeinschaften» zusammengeschlossen, um Frauen und Mädchen von abends stattfindenden kulturellen und sportlichen Veranstaltungen abzuholen und in Gruppen nach Hause zu bringen.

Über den möglichen Täter gibt es nach Auskunft von Kriminalhauptkommissar Kämena, dem Leiter der Brammer Mordkommission, noch immer keinerlei Anhaltspunkte. Festzustehen scheint lediglich, daß alle drei Verbrechen von ein und derselben Person verübt worden sind. Darauf, so heißt es im Polizeibericht, deuten vor allem gewisse ‹magische Zeichen› hin, die man auf den Körpern der Opfer gefunden habe, über die Kämena aber keine genaueren Angaben machen wollte, um die weiteren Ermittlungen nicht unnötig zu erschweren. Auch wolle und müsse man um jeden Preis verhindern, daß der Täter dadurch Nachahmer finden könnte ...

Prof. Dr. H.-U. Lachmund

Bramme, den 14. März 1982
Trappenkamp 24

Liebe Anverwandte, liebe Freunde!

Aus Anlaß meines 40. Geburtstages möchte ich alle, die uns nahestehen, am

Sonnabend, dem 3. April 1982,
um 19.30 Uhr,

zu einer kleinen Feier einladen – und zwar in die

«Ritter-Stuben»

(Trappenkamp 11 – zwischen Eisenbahn und Barkhauser Dorfstraße).

Mitzubringen sind nichts weiter als gute Laune und alte Erinnerungen. Devise: Mit Lust und Lachen lassen wir die Runzeln kommen (Thomas Hardy).

In diesem Sinne
Ihr bzw. Euer
Hanns-Ulrich L.

Rechtsanwalt Dr. Rudolf Grünthaler
an Prof. Lachmund

Oldenburg, den 24. 3. 82

Lieber Kollege Lachmund,

wohl selten hat mich eine Einladung so erfreut wie die zu Ihrem 40. Geburtstag. Sie als «Anwalt» Ihrer Justizverwaltung und ich als Anwalt vieler Strafgefangener sowie auch als Mitglied verschiedener Anstaltsbeiräte – wie oft haben wir da im Ring gestanden und erbittert aufeinander eingeschlagen (mit Worten natürlich). Als ich Sie dann neulich in der HÖV-Bibliothek gesehen habe, wollte ich mich zuerst hinter einem der Bücherregale verstecken, aus Angst vor dieser Begegnung – und war dann tagelang erstaunt darüber, wie herzlich sie in Wirklichkeit ausgefallen ist ... Sie kennen ja meine grünroten Ambitionen und Betätigungen – und so ist dies, mit der Einladung zusammen, schon das zweite Wunder; das erste hatte ja darin bestanden, daß man mir den Lehrauftrag an der HÖV überhaupt genehmigt hatte. Meine Freunde werfen mir schon vor, ich würde mich als Feigenblatt bzw. Aushängeschild mißbrauchen lassen. Vielleicht ist das auch wirklich so. Doch dagegen steht die Tatsache, daß man bei uns doch noch über die ideologischen Gräben hinweg miteinander reden kann, daß man befreundet sein kann, auch wenn man politisch anderes versuchen und erreichen will. Freundschaft unter Andersdenkenden – wenn sie möglich ist, ist das ein Stück realer Hoffnung.

Unter diesem Gesichtspunkt und in diesem Sinne komme ich sehr, sehr gerne von Oldenburg nach Bramme und freue mich sehr auf diesen Tag.

Mit herzlichem Dank
und ebensolchen Grüßen
Ihr
Rudi Grünthaler

Prof. Dr. Alexander F. Hillermeier
Diplom-Psychologe,
an Hanns-Ulrich Lachmund

Gießen, den 25. 3. 1982

Mein lieber Hanns,

war das eine Überraschung, als ich gestern zwischen Bankauszug, Verlagsprospekten und dem Handzettel eines superpreiswerten Fensterputzers im Briefkasten Deine Einladung fand. Ich war mir erst gar nicht sicher, ob das nicht wieder einer jener unverschämten Reklamebriefe wäre, die neuerdings oft mit handgeschriebener Adresse, ohne Absender und mit einer schönen Sondermarke versehen, versandt werden. Ein gemeiner Trick, den immer stärker werdenden Drang nach persönlicher Ansprache auszunutzen, der uns normierte Bürger in einer Zeit um sich greifender Formulare, Computerausdrucke und Schreibautomatenbriefe nach allem greifen läßt, was noch einen Hauch von Spontaneität und Unvollkommenheit verspüren läßt.

Und dann war's tatsächlich ein persönlicher Brief, und das von einem Freund, den ich schon seit so langer Zeit nicht mehr gesehen habe. Zehn Jahre sind's doch mindestens her, oder? Ich muß mal nachrechnen. «Prof. Dr. jur. H.-U. Lachmund» – Du hast es also auch geschafft, Dein mühsam eingepauktes Wissen auf ein titelgeziertes Podestchen zu stellen und es als Ware dem Staate und seinem heranreifenden Akademikernachwuchs anzudienen, ha-ha. Unsere gemeinsame Heidelberger Zeit, unsere Bude in der Römerstraße über der Metzgerei bei Frau Endemann und ihrem Dakkel, stundenlange Skatmatchs und Politdiskussionen im Kakaobunker und im *«Cave»* und sonst noch so viele «Memories of Heidelberg» fielen mir plötzlich wieder ein, mit all den dazugehörenden Gefühlen der Freiheit (und manchmal der Leere), der Begeisterung über alles Freche und Neue, das uns von zu Hause weghob, der Wut über den «Muff von tausend Jahren», der uns von den ollen Profs (vor allem bei Euch Juristen) von den Anschlagbrettern und aus den Verbindungshäusern entgegenschlug.

Mensch, Hans, ist das schön, daß Du Dich mal gemeldet hast! Leider muß ich Dir aber auch gleich sagen, daß ich Deiner Einladung nicht folgen kann: Ich stehe mitten in den Vorbereitungen für einen einjährigen Aufenthalt in den USA. Ein paar amerikanische Psychologen haben mir auf Vermittlung eines Kollegen, der vor Jahren auch mal dort war, eine Gastprofessur angeboten, die ich natürlich mit Freuden angenommen habe. Dieses Land der unbegrenzten Widersprüchlichkeiten, das wir ebenso hassen wie wir ihm nacheifern, möchte ich doch einmal mit eigenen Augen sehen.

Ich ziehe freilich ungern für längere Zeit fort, weil es meiner Mutter im Moment wieder recht schlecht geht. Sie leidet seit längerer Zeit an einer Multiplen Sklerose, deren einzelne Schübe bisher glücklicherweise nur mit langem Abstand aufeinanderfolgen. Das trifft sie dann aber immer hart. – Seit etwa einem Jahr ist sie in einer an sich ganz guten Klinik in Bad Zwischenahn, bekommt da aber m. E. zuviel Cortison verabreicht, gegen das ich nun mal eine tiefsitzende irrationale Abneigung habe.

Ich merke, ich kann Dir gar nicht alles auf einmal schreiben, was mir in den Sinn kommt (dies ist übrigens der erste handgeschriebene Brief dieser Länge von mir seit vielen Jahren; ich staune über mich selber). Vielleicht treffen wir einmal wieder zusammen und quatschen wie früher bis in die Puppen – bis um fünf Uhr früh der Wecker unserer Nachbarin (wie hieß sie doch noch, Klautschik oder so ähnlich?) uns zum Ende mahnt und wir uns über ihr morgendliches Stöhnen und Schimpfen amüsieren!

Vielleicht hast Du Lust, mir irgendwann zu Ostern kurz von Deiner großen Feier zu berichten? Und dann teil mir auch gleich mit, an welche erhabene Wissenschaftsinstitution es Dich verschlagen hat (gibt es in Bramme eine neue Uni oder liegt das so, daß Du von dort immer zur Uni in einer unserer altehrwürdigen Hansestädte fahren kannst?), ob Du einem Weib für ewig verbunden, mit Kindern und etwa auch einer Geliebten gesegnet bist – pardon, dafür wärest Du wahrscheinlich viel zu treu, wenn ich an unsere Diskussionen von früher denke, über Partnertausch und Wohngemeinschaften und die kapitalistische Funktion der Ehe. Du hast damals wacker das Banner der Monogamie hochgehalten und für die Stabilität der Familie plädiert und damit meine Kollegen vom SDS schier zur Verzweiflung gebracht. Du siehst, ich erinnere mich noch sehr gut daran; vielleicht hab ich mich auch in Erinnerung an Deine moralischen Korsettstangen bis heute nicht getraut, meine Freiheit aufzugeben und mich, statt mich auf viele Frauen zu legen, auf eine festzulegen (au wau, hätten wir damals gesagt).

Ich wundere mich über meine wieder aufflammende Anhänglichkeit, die mir altem Zyniker eigentlich gar nicht so recht ansteht, und grüße Dich herzlich, und zwar zusammen mit einem ganzen Rucksack voll guter Wünsche für die zweiten, die mittleren 40 Jahre Deines Lebens.

In Freundschaft und in Gedanken
Dein Alex

PS. Ab 1.4. werde ich über'n Teich sein. Meine Adresse dort wird lauten:
398 Bellagio Road
Los Angeles, Calif., 90024
USA
Telef. 472. 5211

HÖV-INFO *Informationsblatt der Hochschule für Öffentliche Verwaltung Bramme* *Ausgabe April 1982*

Prof. Dr. jur. Hanns-Ulrich Lachmund – 40 Jahre alt – Glückwunschadresse des Präsidenten der HÖV

Wir leben in einer Zeit, in der die Kritik um der Kritik wegen geübt und geliebt wird, wo wir – die Intelligenz dieses Landes – unseren höchsten Genuß darin finden, die Fehler und Konflikte, die Mängel und Macken anderer Menschen und anderer Organisationen in amüsant-verspielter Weise vorgeführt zu bekommen. *Spiegel*-Kinder, die wir alle sind, brauchen wir dieses süße Gift allwöchentlich, um in Schwung zu kommen; doch wir haben lange nicht begriffen, wie tödlich es auf Dauer ist, wie es die Hoffnung zerstört, den Glauben an das Gute im Menschen, wie es jeden Versuch des Aufbruchs sinnlos erscheinen läßt, weil ja doch alles umsonst zu sein scheint.

Weil das so ist, gebührt all denen unsere größte Hochachtung und unser aufrichtiger Dank, die dennoch voller Lebensmut und Lebenskraft sind – ja, soviel davon haben, daß alle jene davon profitieren können, die ihnen im täglichen Leben begegnen. Es sind nur ganz wenige, die uns derart aufrichten können und uns den Halt geben, dessen wir so dringend bedürfen – und unter diesen wenigen fällt mir einer immer wieder ganz besonders auf: Der Kollege Hanns-Ulrich Lachmund, der seit einigen Semestern das Fach Bürgerliches Recht an der Hochschule für Öffentliche Verwaltung betreut.

1942 als Sohn eines mittleren Beamten in Treuenbrietzen (südlich von Berlin) geboren, hat er nach Ablegen des Abiturs (1961 an einem Westberliner Gymnasium) von 1962–1970 in Heidelberg Jura studiert, um dann nach der zweiten juristischen Staatsprüfung als Referent in den Öffentlichen Dienst einzutreten. Bald in die Justizverwaltung übergewechselt, hat er sich vor allem der dringend notwendigen Reform des deutschen Strafvollzugs zugewendet und war vor seinem Wechsel an die HÖV zwei Jahre lang selbst Leiter einer größeren Justizvollzugsanstalt. Einer größeren Öffentlichkeit ist er vor allem durch sein Buch ‹Der Behandlungsvollzug in der Bewährungsprobe› bekannt geworden, während die juristischen Fachkollegen – neben seinen vielen Aufsätzen – vor allem sein Werk ‹Grundlagen des Schuldrechts› schätzengelernt haben, ein unverzichtbares Standardwerk in Lehre und Praxis.

Damit aber gerate ich nun schon wieder in die Gefahr, diesen Geburtstagsglückwunsch beinahe zu einer Grabrede werden zu lassen. Aber wäre das denn so schlimm? Wären wir Menschen denn nicht um ein Erhebliches glücklicher, wenn man unsere guten Seiten und Taten schon zu unseren Lebzeiten würdigte und nicht erst dann, wenn wir es nicht mehr hören können?

Hanns-Ulrich Lachmund soll es hören, weil dies zum einen unser aller Geburtstagsgeschenk ist und zum andern Mahnung wie Bitte an ihn sein soll, auch in seinen nächsten Lebensjahrzehnten stets das zu bleiben, was er bis heute geworden ist: Das Beständige inmitten des Zerfallenden, der Granitfels inmitten bröckelnden Mauerwerks.

Mit ihm bin ich darin einig, daß wir, wollen wir als Gesellschaft überleben, wieder dahin kommen müssen, dem Positiven in und um uns den Stellenwert zu geben, der ihm zukommt, ohne dabei das Beklagenswerte ringsum verkleistern zu wollen.

In diesem Sinne wünschen die Kollegen, die Studenten und die Dienstkräfte der HÖV Hanns-Ulrich Lachmund und seiner Familie alles erdenklich Gute.

Rainer Hirsch-Lampert

Hanns-Ulrich Lachmund
an
Alexander F. Hillermeier
z. Z. Los Angeles, USA

Bramme, den 14. April 82

Lieber Alexander,

gleich nachdem ich auf meine förmliche Einladung einen so persönlichen Brief von Dir bekommen habe – herzlichen Dank dafür! –, wollte ich Dich anrufen, doch unter der alten Gießener Nummer, die mir von der Auskunft mitgeteilt wurde, meldete sich niemand mehr. Und da unsere prekäre finanzielle Lage (der Hauskauf hier in Bramme!) das Telefonieren in die USA schlichtweg verbietet, will ich nun auch meinerseits einen längst vergessenen Brauch wieder aufleben lassen: das Briefeschreiben. Nun, so ganz aus der Übung sind wir ja beide nicht, was das Schreiben als solches betrifft, aber ein persönlicher Brief ist doch sicher etwas ganz anderes als ein Fachartikel oder ein Buch. Apropos Buch: Ehe ich's vergesse – gerade haben Uta und ich Dein neuestes Werk gelesen. Besser gesagt: genossen; Deine mit allerliebsten Geschichten angereicherte ‹Psychologie des Erziehungsalltags›. Es ist wirklich phänomenal, wie Du als kinderloser Junggeselle das normale deutsche Familienleben schilderst und analysierst ... Ja, Psychologe müßte man sein!

Wir haben es sehr bedauert, daß Du nun doch nicht zu meinem 40. kommen konntest – Dir ist viel entgangen. Ein bißchen deprimierend war es schon, nun die Schwelle zum Greisenalter überschritten zu haben. Die Kinder haben mich zwar sehr erheitert, aber allein die Tatsache ihrer Existenz und ihres Heranwachsens (Ture mit seinen zwölf Jahren ist nun schon beinahe einen halben Kopf größer als ich) ist ja auch schon etwas, was einem das Memento mori immer wieder ins Gedächtnis ruft: Nicht mehr lange, dann sind wir die Generation, die Platz machen muß.

Du siehst, lieber Alexander, auch ich bin bald behandlungsbedürftig. Nicht zuletzt aber auch wegen Deiner wieder aufgefrischten Erinnerungen unserer Heidelberger Zeit. Ja, je älter man wird, desto wohler tut es einem offenbar, in den alten Erinnerungen herumzukramen. Wie groß mein Bedürfnis danach ist, magst Du daran erkennen, daß ich schon ein paarmal das Gefühl hatte, Dich hier in Bramme – aber auch nahebei in Bremen! – über die Straße gehen zu sehen. (Solltest Du wirklich hier in der Nähe gewesen sein, ohne uns schnell einmal guten Tag zu sagen?! Deine Mutter in Bad Zwischenahn, gleich um die Ecke hier, und Du nie bei uns in Bramme?)

Ja, damals standen wir beide noch am Fuß des Berges, den wir – es gab ja auch noch so etwas wie ‹Lebensziele› damals – in den nächsten zwei Jahrzehnten erklimmen wollten. Nun stehen wir wohl auf dem Gipfel oben und sollten die verbleibenden zwei, drei Jahrzehnte dazu verwenden, das Erreichte zu genießen. Ich für meinen Teil jedenfalls, ich tue es. Vielleicht wirst Du sagen, daß es ja auf dieser Welt noch andere, vor allem auch höhere Berge geben könnte, die zu ersteigen sich lohnte, doch mich interessieren sie nicht. Ich bin da, wo ich hinwollte; das einzige Ziel, das ich mir noch gesetzt habe, ist, im nächsten Jahr Präsident der HÖV zu werden – aber das bleibt ja derselbe Griffel, nur bekommt man sozusagen eine kleine Krone aufgesetzt. Ansonsten will ich, wie gesagt, das Leben genießen, das Glück, Uta und die drei Kinder zu haben, und wenn ich noch etwas sammeln will, dann nicht Titel, Ehrungen und Ämter, sondern jene kleinen Alltagserlebnisse, die die eigentlich erfüllten Augenblicke unseres Lebens sind.

Gerade kommen Svenja und Ole, mir das obligate Gutenachtküßchen zu geben. Svenja erklärt sich sogar bereit, ihrem kleinen Bruder noch etwas vorzulesen, so daß ich weiterschreiben kann. Eigentlich wäre das ja Tures Aufgabe, aber der darf mit seinen fast dreizehn Jahren noch vor dem Fernseher sitzen. Svenja ist im Januar neun geworden, und Ole, unser Nesthäkchen, wird im September sechs und könnte dann auch schon in die Schule kommen. Wir zögern aber immer noch etwas, zumal ja Uta glücklicherweise nicht zu arbeiten braucht und den ganzen Tag Zeit für die Kinder hat. Andererseits wäre es jetzt auch Zeit für sie, wenn sie ihr damals unterbrochenes Studium jemals wieder aufnehmen will. Doch wer mag sich heutzutage noch entschließen, Lehrerin zu werden?

Nun ist es schon gleich neun, und ich muß, ehe ich ins Bett sinke, noch ein wenig meine morgigen Lehrveranstaltungen vorbereiten. Leitthema: «Die Abwicklung von Rechtsgeschäften des täglichen

Lebens». Das macht immer wieder Spaß, obwohl ich damit nun auch schon zum drittenmal «auftrete», seit ich hier an der HÖV in Bramme bin.

Laß mich jetzt noch ein wenig von meiner Geburtstagsfeier berichten, die wir mit genau 28 Gästen in den «Ritterstuben» hier am Stadtrand von Bramme mit allem Drum und Dran begangen haben. Ich schreibe Dir mal auf, welches Menü Dir entgangen ist (mögest Du damit für Dein Nichtkommen bestraft sein!):

Geräuchertes Forellenfilet
Sahnemeerrettich
Beeftea

Wacholdergebeizte Rehkeule mit Wildrahmsauce,
Pfifferlinge, Prinzeßbohnen, Kroketten,
gefüllte Birne mit Preiselbeeren

Vanilleeis mit flambierten Himbeeren

Na, läuft Dir da nicht das Wasser im Munde zusammen? Wenn ich da so an den Pamps denke, den Du da manchmal in Heidelberg für uns zusammengekocht hast . . .

Vor dem Essen gab es eine sehr hübsche Rede meines Vaters – Du kennst ihn ja. Er war sehr glücklich darüber, daß sich all die Mühen seines Lebens nun gelohnt haben und der Sohn das geworden ist, wonach er immer gestrebt hatte. (Eine Kopie seines Festgedichts füge ich bei; der Gute hatte für jeden Gast eine mitgebracht.) Auch meine Mutter hat diesen Tag genossen . . . Was wir wohl denken werden, wenn unsere Kinder einmal vierzig werden? Nach vielen besinnlichen Augenblicken, wie sie zu einem Tage wie diesem nun einmal unverzichtbar gehören, haben wir dann mit Unterstützung einer kleinen Drei-Mann-Kapelle bis in den Morgen hinein getanzt, nur unterbrochen von einem Vorfall, von dem ich Dir – das ist Chronistenpflicht – noch schnell berichten muß:

Du kennst ja noch aus unserer Heidelberger Zeit meine große Schwäche für die Astronomie. Es tut mir heute noch leid, wie oft ich Euch damals mit meinem selbstgebastelten Fernrohr geweckt habe. Immer wenn diese verdammte Dachluke runtergedonnert ist ...

Doch zum Geburtstag zurück. Ich trete also vor die Tür, um mal wieder frische Luft zu schnappen und mir ein bißchen die Beine zu vertreten, aber auch, um mal für ein paar Minuten mit mir allein zu sein. Eine wunderbare Nacht. Kein Nebel, kein Dunst, keine Wolke am Himmel – über mir nur Sternenstaub. Obwohl es mir nasse Schuhe einbringt, gehe ich ein wenig die Wiese entlang, die sich von den «Ritterstuben» zum Bahndamm hinaufzieht. Selten habe ich in unseren Breiten die Milchstraße in solch wunderbarer Fülle gesehen wie in dieser Nacht. Und ich war mir sogar sicher, den Andromeda-Nebel, unsere Nachbargalaxie, als kleines, milchiges Fleckchen mit bloßem Auge erkannt zu haben. Was fällt einem in solchen Augenblicken alles ein? Goethes «Verweile doch, du bist so schön»? Ganz sicher. Ich war erfüllt von einer tiefen Dankbarkeit, dankbar dafür, mit diesem meinem Leben so ein Glückslos gezogen zu haben: Uta und die Kinder, und neben der Familie nun auch einen Beruf, der mich voll ausfüllt. Die Zuneigung meiner Studenten – ihr Beifall bedeutet mir ungeheuer viel! Das war es, was ich vorher als Beamter des höheren Dienstes in der Verwaltung immer vermißt habe, vor allem in meiner Zeit als Direktor mehrerer Justizvollzugsanstalten ...

Derart gedankenverloren erreiche ich den Bahndamm und werde vom Signalhorn eines heranratternden Güterzuges brutal in die Wirklichkeit zurückgerissen. So was nennt man einen Todesschrecken, was ich da bekommen habe. Ein nahes Signal stand auf Grün, ich war noch gute zehn Meter vom Bahndamm entfernt; mich konnte der Lokführer da unten auf der Wiese kaum gesehen haben. Warum also sein wiederholtes Warnsignal?

Dann endlich begreife ich: Oben auf dem Bahndamm läuft eine Frau mit ausgebreiteten Armen der Lokomotive entgegen. Ich sehe das im Schein der Sterne und des gerade aufgehenden Mondes wie im Lichte der drei Scheinwerfer vorn an der Lok. Nun, mit ein paar Sprüngen bin ich oben auf den Gleisen und reiße das Mädchen im letzten Augenblick herunter.

Damit war's dann erst einmal für eine gute Stunde mit der Gemütlichkeit unserer Geburtstagsfeier vorbei: Feuerwehr, Krankenwagen, Polizei – plötzlich waren mehr Gäste da, als uns lieb sein konnten. Die Frau, sehr jung, eher noch ein Mädchen, nicht mal zwanzig wohl, wurde schnell in ein Krankenhaus gebracht. Über ihre Person wie über ihre Motive weiß ich nicht das allergeringste. Sie hat sich bei mir bis jetzt auch noch nicht gemeldet. Uta – Du kennst ja ihre «soziale Ader» – wollte sich anfangs ein wenig um die Ärmste kümmern und hat wohl wegen der fehlenden Informationen auch schon unseren neuen Freund und Nachbarn angesprochen, den wackeren Herrn Kriminalhauptkommissar Karl Kämena – aber der hat in diesen Tagen und Wochen wenig Zeit, denn zum einen hat er gerade als Nebenamtler einen Lehrauftrag bei uns an der HÖV übernommen, zum anderen ist er voll damit beschäftigt, einen Triebtäter zu fassen, der hier in Bramme sein Unwesen treibt.

Uta kommt gerade herein, um mir mein abendliches Quantum an «Brammer Bock» zu bringen (ein herrliches Bier!) und überfliegt die letzten Zeilen. Sie hat erfahren, daß die von mir gerettete junge Frau Ann-Kristin heißen soll. Man müßte sich, meint sie, mal um sie kümmern, sonst wäre diese Rettung möglicherweise sinnlos gewesen. Gott, ich habe soviel am Hals – das geht nun wirklich nicht! Uta ist der Ansicht, die HÖV ließe uns wohl noch genügend Zeit. Tut sie vielleicht auch, aber wenn ich durch meine Nebentätigkeiten keine weiteren Einkünfte hätte, könnten wir dies alles hier nicht finanzieren. Wenn sie dies nur mal einsehen würde!

Utas kurzer Besuch bei mir im Arbeitszimmer hat aber doch noch was Gutes: Sie fragt mich, ob ich Dir schon von Klaus Schwarzenberger geschrieben habe, den wir damals auf unserer Frankreich-Reise getroffen haben. Nein, habe ich nicht, will es aber gleich noch nachholen, denn ihm war – im Gegensatz zu Dir – kein Weg zu weit, zu meinem Geburtstag zu kommen. Also: Klaus ist jetzt steinreicher Bestattungsunternehmer in München. Wozu doch so ein abgebrochenes Medizinstudium alles gut sein kann!

So, lieber Alexander, jetzt ist aber endgültig Schluß; ich habe ein Vielfaches von dem geschrieben, was ich eigentlich geplant hatte, und bevor ich ins Bett sinke, muß ich für meine Studenten morgen noch Folie anfertigen mit einigen notwendigen Definitionen darauf. Was ist ein Fehler? Nach § 459 BGB ist ein Fehler die für den Käufer ungünstige, nicht unwesentliche Abweichung des tatsächlichen Zustandes einer Sache von der vorausgesetzten Beschaffenheit in bezug auf irgendein tatsächliches oder rechtliches Verhältnis ...

So hoffe ich, lieber Alexander, daß dieser Brief kein Fehler war, sondern der richtige Schritt in die richtige Richtung.

In diesem Sinne
mit herzlichen Grüßen
Dein
Hanns-Ulrich

PS. Grüße bitte auch Deine Mutter sehr herzlich von uns und übermittle ihr unsere besten Wünsche für eine baldige Besserung ihres Zustandes.

Friedrich Lachmund
Zum 40. Geburtstage meines Sohnes Hanns-Ulrich

Vier Jahrzehnte denk' ich nun zurück,
Dein erster Schrei war unser größtes Glück!
Doch die Zeiten danach waren schlecht –
Und so gediehst Du anfangs auch nicht recht.
Bomben schlugen ringsum ein –
Wer überleben wollte, brauchte «Schwein».
Das hatten wir beim Bauern Nolle
In Löwenbruch auf seiner Scholle.
Endlich war der Krieg zu Ende,
Und in Deinem Leben kam die große Wende,
Denn wir zogen nach Berlin, der großen Stadt,
Die Dir dann soviel gegeben hat.
Schule, Sportverein und Studium –
Ach, wie schnell war diese Zeit doch rum!
Du verweiltest nun an vielen Orten, von Heidelberg bis Bramme,
Hart war der Kampf, und es gab manche Schramme.
Fleiß war die Parole Deines Lebens,
Nie lange sah man Dich an einem Stuhle kleben.
Das Beamtendasein ist gewiß kein Zuckerschlecken,

Doch wo andere sich nur duckten, um nicht anzuecken,
Da zeigtest Du, wo immer Du auch warst, Courage,
Drum gönnen alle Dir den Aufstieg in die höhere Etage.
Mit einem Male war der große Tag dann da,
Und Du tratst mit Deiner Uta vor den Traualtar.
Auch zu Haus, im eignen Nest, da warst Du voller Eifer – Tag und Nacht,
Und hast es drum bis heut auf drei Kinder schon gebracht.
Eine schöne Zeit war Euch beschert, voller Harmonie in frohen Runden,
Doch es gab auch Trauer – viele bittre Stunden ...
Von uns gegangen sind in den letzten Jahren viele,
In Gedanken aber sind sie immer bei uns: Oma, Opa und auch Tante Thiele.
Die alten Freunde sind wohl alle da zur heut'gen Feier,
Nein, leider fehlt der große Psychologe Hillermeier!
Nun, um Deine Zukunft, lieber Hanns, da ist uns allen jetzt nicht bang,
Hat doch der Name Lachmund hier wie anderswo 'nen guten Klang.
So wünschen Dir fürs weitere Leben Glück, Gesundheit und das Allerbeste
Deine Eltern und all die andern lieben Gäste!

Ann-Kristin Angeleidt
an
Prof. Dr. H.-U. Lachmund

Bramme, den 17. 4. 82

Sehr geehrter Herr Professor Lachmund!

Sie haben mir heute vor zwei Wochen das Leben gerettet. Ich wollte Schluß machen, weil mich nichts mehr mit dieser Welt verbunden hat. Als mir nach dem Aufwachen aus der Bewußtlosigkeit klar wurde, daß mein Entschluß, mit dem ich mich lange zweifelnd und angstvoll herumgeschlagen habe, durch einen Fremden vereitelt worden ist, war ich erst außer mir und sehr verzweifelt. Wer sollte ein Recht haben, besser als ich selbst den Sinn meines Lebens einzuschätzen und an meiner Stelle über mich zu entscheiden? Und mir damit die Folgen dieser Rettung aufzuzwingen? Zum Glück haben mich die Schocknachwirkungen und meine Verletzungen daran gehindert, mich noch einmal vor einen Zug zu werfen, wie ich das zuallererst vorhatte. Auch der Psychiater, dem ich vorgestellt worden bin, hält mich nicht mehr für gefährdet.

Heute bin ich froh darüber. Vielleicht empfinden Sie es als naiv oder gar aufdringlich, wenn ich Ihnen sage, daß Sie durch Ihre Handlung meinen Lebenswillen wieder geweckt haben, der in den vergangenen Jahren ständig an Kraft verloren hatte. Hätten Sie nicht so entschlossen nach mir gegriffen, würde ich jetzt nicht mehr leben. Sie haben mir damit gezeigt, daß es *einen* Menschen gibt, der es für wert hält, daß ich lebe. Und dieser Gedanke gibt meinem Leben seit Tagen einen neuen Sinn. Das hat es bei mir schon lange nicht mehr gegeben. Da macht es auch nichts, daß ich weiß, daß Sie mich gar nicht kannten, als Sie mich am Sprung ins Nichts gehindert haben.

Jetzt muß ich versuchen, die Welt, in der Sie mich festgehalten haben, wieder zu akzeptieren. Das fällt mir nicht leicht, seitdem ich mich bewußt mit den Fragen des Lebens und Überlebens auf unserer Erde beschäftigt habe, z. B. mit dem Wahnsinn der Rüstungspolitik, der Ausplünderung der Entwicklungsländer, den Gefahren der systematischen Naturzerstörung etc. Ich war bis kurz vor dem Abi Mitglied einer ‹Friedens-AG› an unserer Schule, und da habe ich doch einigen Einblick in die kalte Logik des Wettrüstens, in die Verlogenheit der Politikerreden und in die wahren Interessen im Rüstungsgeschäft gewonnen. Ein Fortbestehen unserer Erde scheint mir angesichts der überwältigenden Stärke der Zerstörungskräfte gegenüber den Erhaltungs- und Aufbaukräften als unwahrscheinlich. Auch gegen die Sinnlosigkeit dieser Situation wollte ich protestieren.

Aber diese Sinnlosigkeit des Wartens auf die große Katastrophe allein hätte mich sicherlich nicht so ganz verzweifeln lassen – das wird mir jetzt immer klarer –, wäre da nicht auch die Leere gewesen, in die mich meine Eltern Schritt für Schritt gedrängt, ja gestoßen haben.

Ich habe immer sehr an meinen Eltern gehangen, und ich glaube, daß meine Kindheit glücklich war. Das kann nicht jeder von sich sagen! Das Gefühl der festen Zugehörigkeit zu meinen Eltern verstärkte sich noch, als meine kleinere Schwester bei einem Unfall starb. Ich hatte sehr an ihr gehangen. Ich verspürte damals den Wunsch, meinen Eltern über diesen Verlust hinwegzuhelfen. Ich wollte ihnen eine doppelt gute und liebe Tochter sein. Wie man sich das als zehnjähriges Mädchen eben so vorstellt! Erst später merkte ich, daß meine Mutter damals anfing, meinen Vater zu hassen. Nach ihrer Meinung war er schuld am Tod meiner Schwester, obwohl der Fahrer des entgegenkommenden Wagens angeklagt und verurteilt worden ist. Sie meint, er hätte den Unfall verhindern können, wenn er aufgepaßt hätte, anstatt mit uns rumzualbern.

So wurde meine Beziehung zu meiner Mutter allmählich immer unerträglicher. Ich konnte es ihr nicht verzeihen, daß sie aufhörte, meinen Vater zu lieben, und damit das Ende unserer Gemeinschaft heraufbeschwor.

Von meinem Vater fühlte ich mich in dieser Zeit verstanden. Nach der Scheidung der Eltern habe ich mich – ich war gerade 14 geworden – entschlossen, mit meinem Vater fortzuziehen. Hierher nach Bramme. Mein Vater mußte beruflich häufig für zwei bis drei Tage verreisen. Ich mußte daher früh lernen, allein zurechtzukommen. Ich spüre aber noch heute, wie mich die einsamen Nächte in unserer kleinen Mansardenwohnung mit ihrem lastenden Schweigen sehr ängstigten. Ich fing an, meinem Vater unbewußt Vorwürfe zu machen, weil er mich so schutzlos meinen Ängsten überließ. Ich habe ihm allerdings auch nichts von dem erzählt. Ich dachte, ein guter Vater muß spüren, wenn ich mich bedroht und verlassen fühle. Und ich wollte ihm auch nicht seinen Beruf erschweren.

Ich habe meinen Vater dennoch fest geliebt, bis ich vor einem Jahr eine schreckliche Entdeckung machte. Ich fand eines Tages in dem Buch, das mein Vater gerade las, als Lesezeichen einen Brief. Unterschrift: «In Liebe und Treue Deine Anne Christina». Mein Vater hatte also eine Freundin. Ich war etwas eifersüchtig, aber auch neugierig. Ich hatte mich aber getäuscht. Anne Christina war nicht die Freundin meines Vaters, sondern seine Tochter aus einer außerehelichen Beziehung, die er uns verheimlicht hatte und an der er offensichtlich immer noch mit zärtlicher Liebe hing. Sie ist, wie ich jetzt weiß, zwei Jahre älter als ich.

In den folgenden Monaten fügte sich für mich Indiz für Indiz zu der fürchterlichen Gewißheit zusammen, daß ich selbst für meinen Vater nur eine Ersatzfunktion hatte. Ich sollte ihn ständig an seine ‹eigentliche› Tochter erinnern, die er nur gelegentlich besuchen konnte. Daher die Ähnlichkeit der Namen. Die nordische Version bei mir ging – wie mir mein Vater auf meine Frage arglos bestätigte – auf einen ausdrücklichen Wunsch meiner Mutter zurück. Daher die Sicherheit, mit der mein Vater immer meine Kleider aussuchte und auf dem Kauf ganz bestimmter Röcke, Pullover oder Wäschegarnituren bestand – er hatte sie ja vorher schon für Anna Christina ausgesucht, nur zwei Nummern größer! Daher sein Versuch, mir ganz bestimmte Interessen und Vorlieben aufzudrängen, meinen Geschmack auch in lächerlichen Kleinigkeiten zu bestimmen, die ihn eigentlich nichts angingen.

Sie werden jetzt vielleicht verstehen, warum ich keinen Halt mehr auf dieser Erde hatte, nachdem mir ein geliebter Mensch nach dem anderen genommen worden war und ich zum Schluß selbst nicht mehr mit Recht zu existieren schien. Ich danke Ihnen daher von ganzem Herzen, daß Sie mir ein neues Ufer gezeigt haben. Ich habe mir vorgenommen, mich jetzt aktiv um einen Ausbildungsplatz zu bemühen, vielleicht in der Krankenpflege, als Erzieherin oder an irgendeiner Fachhochschule. Vielleicht ist es sogar am besten, daß ich mich an mehreren Stellen gleichzeitig bewerbe, damit ich jetzt ein Jahr nach dem Abitur auch endlich einen Ausbildungsplatz bekomme und irgendwann endlich meinem Vater nicht mehr auf der Tasche liegen muß.

Ich habe hier im Krankenhaus das Bild von Ihrem Geburtstag in der Zeitung gesehen. Ich glaube, Sie sind ein sehr, sehr guter Mensch. Es macht mich glücklich, daß es gerade Ihr Geburtstagsdatum ist, auf das mein zweiter Geburtstag fällt! Ich werde Ihr Bild nie mehr aus meinem Herzen verlieren.

Mit dankbarer Zuneigung grüßt Sie
Ihre Ann-Kristin Angeleidt

Alexander F. Hillermeier
an
Hanns-Ulrich Lachmund

Los Angeles, 29–4–82

Lieber Hanns,

hab herzlichen Dank für Deinen ausführlichen Bericht von Deiner Geburtstagsfeier. Ich muß schon sagen, Du hast Dich ja gebührend feiern lassen. Wenn man die Laudatio Eures Rektors liest, wird man geradezu stolz darauf, mit Dir einmal das Zimmer und den einzigen darin befindlichen Sessel geteilt zu haben.

Du hast ganz merkwürdige Gefühle in mir geweckt mit dem besinnlichen und fast schon todesschwangeren Unterton, mit dem Du Deine Vierziger eingeläutet hast. Bei hundertvierzig könnte ich das schon eher verstehen. O nein, es liegt mir gar nicht, so nachruflich und schwarzgerandet von meiner Zukunft zu reden. Ich lebe und habe noch viel vor mir; alles Erreichte ist für mich nur Sprungbrett für Neues, Unbekanntes, wie z. B. jetzt die Zeit in USA, die mit vielen Überraschungen und Improvisationen begonnen hat. Du schreibst davon, Du seist ‹dankbar› für das, was war und was Du bis jetzt erreicht hast. Ich bin eher scharf auf das, was kommt.

Ob die Kinder, die Du für diese liebenswerte Welt (die jeden Moment durch Knopfdruck in die Luft gehen kann) vorgesehen und ge-(er-?)zeugt hast, wirklich Anlaß zum frühzeitigen Altern (ich hoffe auf Deinen Widerspruch!) sein können? Mir paßt das nicht so recht ins Weltbild. Übrigens habe ich nur geschrieben, daß ich Junggeselle bin; wie kommst Du darauf, daß ich auch kinderlos bin? Der Ihnen zur Verfügung stehende Aktenstand, Herr Anwalt, läßt diesen Schluß nicht zu. Dennoch hast du recht ... Und vielen Dank denn auch für Euer nettes Kompliment zu meinem Erziehungsbändchen, bei dessen Falldarstellungen ich meiner Phantasie freien Lauf gelassen habe. Aber nicht weitererzählen!

Sag mal, ist Deine gerettete Jungfer wenigstens auch so bezaubernd, daß es sich lohnt, wenn sie Dir auf ewig dankbar sein wird? Das wird sie doch hoffentlich sein, nachdem Du sie nun der Erde wiedergegeben hast. Oder hat sie sich gleich von neuem wieder verabschiedet, um unserem Jammertal auf immer Lebewohl zu sagen?

Jedenfalls kann Deine Frau ja jetzt stolz auf Dich sein. Sicher wirst Du auch in bescheidener Retterpose im Brammer Weltblatt abgebildet sein? Apropos, ist Deine Uta eigentlich die Uta von der Gartenparty in Neckargemünd, in die Du Dich mitten beim Grillen so unsterblich verliebt hast? Falls ja, dann grüße sie aufs Innigste und bitte sie, mir alle losen Worte in diesem Brief zu verzeihen. Du kennst mich ja!

Dein Alex

Hanns-Ulrich Lachmund
an
Alexander F. Hillermeier

Bramme, den 10. Mai 1982

Lieber Alexander,

ich will die Pause zwischen zwei Lehrveranstaltungen nutzen, Deinen Brief vom 29. April d. J. gleich zu beantworten. Deinen Brief vom 25. 3. noch einmal kurz überfliegend, finde ich die Frage, welcher Art denn die Hochschule sei, zu der es mich hierher nach Bramme verschlagen habe. Dazu nun also ein paar Stichworte:

An der HÖV (= Hochschule für Öffentliche Verwaltung) bilden wir Beamte des gehobenen Verwaltungsdienstes in einem dreijährigen Studium nach einer neuartigen Konzeption aus, bei der der Praxisbezug wissenschaftlichen Arbeitens im Mittelpunkt steht. Neben den klassischen Fächern des privaten und des öffentlichen Rechts sowie der Rechtsmethodologie werden unsere Studenten mit den Grundzügen der Wirtschafts-, Sozial- und Verwaltungswissenschaften vertraut gemacht, so daß am Ende des Studiums – das von regelmäßigen Praktika begleitet wird – der umfassend kompetente und bürgerorientierte Beamte neuen Typs steht, der Diplom-Verwaltungswirt.

Wir hier in Bramme, wir wissen, wen wir wofür ausbilden, und da unsere Studenten auch ein festes Berufsziel vor Augen haben, das sie in ihrer Mehrheit engagiert verfolgen, herrscht bei uns durchweg ein so leistungsorientiertes und dennoch partnerschaftliches Arbeitsklima, wie Du es in der deutschen Hochschullandschaft nur noch selten finden wirst.

Sicher gibt es auch bei uns Studenten, die am Sinn des Ganzen zweifeln, über die angeblich zu große Stoffmenge klagen und sich schon mit zwanzig in den einstweiligen Ruhestand begeben, um ihre Hobbies zu pflegen, wie auch unter den Kollegen der eine oder andere zu finden sein mag, der mangels Charisma und didaktischer Fähigkeiten arge Schwierigkeiten im Umgang mit diesen beamteten Studenten hat, doch für mich ist diese HÖV eine prächtige Bühne, auf der ich mehr Beifall bekomme, als ich jemals zu hoffen gewagt habe (gemessen vor allem am normalen Büroalltag). Mir jedenfalls macht der Umgang mit dieser Jugend ausgesprochen Spaß, und fällt mal wirklich einer aus der Rolle, dann ist das auch noch kein Weltuntergang.

(Einen Studienführer lasse ich Dir demnächst durch das Büro des Präsidenten zugehen – dort dann weitere Informationen.)

Was das Private betrifft, so bin ich froh, daß es neben den üblichen leichteren Erkrankungen diverser Familienmitglieder nichts weiter zu berichten gibt – bei Ture eine eitrige Angina, bei Uta ein verstauchter Knöchel. Unser Leben fließt so mählich dain, wie ich das immer gewünscht habe. Du weißt ja, daß ich ein Liebhaber amerikanischer Südstaatenromane bin: Ich liebe diese Trägheit, die dort zum Ausdruck kommt. Dieses Lebensgefühl des ‹tiefen Südens›, durchmischt mit einem kräftigen Anteil Fontanescher «Stechlin»-Atmosphäre, das ist es, was ich mir vom Aufenthalt im Norden hier versprochen habe. Und Bramme ist voll dabei, das einzulösen, was es mir versprochen hat.

Dabei gibt es natürlich immer wieder hübsche, ja fast exotische Farbtupfer in der Brammer Moorlandschaft – zum Beispiel diese junge Frau, der ich an meinem Geburtstage das Leben gerettet habe. Sie hat mir jetzt einen längeren Brief geschrieben, sich bedankt und ihr ganzes Leben vor mir ausgebreitet. Man müßte ihr wirklich helfen, und ich hoffe, daß Uta, die das voller Mitgefühl gelesen hat, sich bald einmal mit ihr treffen wird. Wir Juristen sind da schlichtweg überfordert, das ist Sache der Theologen beziehungsweise von Euch Psychologen, aber auch Uta mit ihren vier Semestern Pädagogik dürfte da im Falle der Ann-Kristin Angeleidt wesentlich mehr ausrichten als ich, zumal sie ja im Gespräch von Frau zu Frau ganz besondere Chancen hat. Mit psychisch gestörten Männern umzugehen, das habe ich ja in meiner Zeit als Leiter der Vollzugsanstalt Dillen zur Genüge gelernt, aber bei Damen – da mangelt es mir halt an der nötigen Kompetenz. Außerdem habe ich schon so wesentlich mehr zu tun, als mir lieb ist. Das ist einer der wenigen Nachteile vom Brammer Trappenkamp (oder ist es doch ein Vorteil?), daß hier jeder jeden kennt, so daß sich der simple Einkauf einer Glühbirne (in Berlin eine Sache von fünf Minuten) zu einer Angelegenheit von einer Stunde und mehr ausweiten kann, da man andauernd auf neue Gesprächspartner trifft. So hat es sich bei mir fast zum Spiel entwickelt, «ungetroffen» durchs Einkaufszentrum im nahen Sternen-Viertel zu eilen. (In dieser letzten der drei Brammer Trabantenstädte sind alle Straßen und Plätze nach Sternen, Planeten etc. benannt.) Dennoch ist es kaum zu vermeiden, daß mir diese Ann-Kristin immer wieder in die Arme läuft: mal an der Bushaltestelle, mal in der Stadtbücherei, mal im Einkaufszentrum. Das eben ist Bramme: Was anderswo als Zufall gelten müßte, wird hier Wahrscheinlichkeit. Mir sind diese Begegnungen ein bißchen peinlich, zumal ich immer wieder das Gefühl habe, daß Passanten, die uns und die Geschichte von Selbstmordversuch und Rettung aus dem «Brammer Tageblatt» kennen, erwartungsvoll stehenbleiben.

So, nun muß ich zu meiner um 11 Uhr angesetzten Übung in Rechtsmethodologie eilen: Mehrdeutigkeit oder Notwendigkeit der Auslegung. Suchen Sie Beispiele dafür, wie der Inhalt eines Wortes in der juristischen Fachsprache vom Inhalt dieses Wortes in der Allgemeinsprache verschieden sein kann ...

Jetzt muß ich aber wirklich!

In alter Frische
Dein Hanns-U.

PS. Gerade hat Uta mich von zu Hause aus angerufen und mir mitgeteilt, daß diese Ann-Kristin uns zwei Hortensien in den

Vorgarten gepflanzt hat (in scheußlichem Hellblau, wie Uta berichtet), mit einem Dankbarkeitskärtchen dran ...

Ich hätte eine Millionärstochter retten sollen (übrigens ein alter Pubertätstraum von mir), dann wären wir wenigstens unsere Schulden los ...!

Alexander F. Hillermeier
an
Hanns-Ulrich Lachmund

Los Angeles, 22-5-82

Lieber Hanns,

ich sehe Dich schon als den Größten: Idol aller Pfadfinder und Jungscharler, Fotobild mit Widmung im Gemeinschaftsraum des Brammer Hausfrauenbundes, von Deinen Studenten geehrt und von den Studentinnen begehrt! Hast Du schon einen Exklusiv-Vertrag mit dem *Stern* oder der *Bunten*? «Der Retter von Bramme» – kein schlechter Titel für ein Feuilleton im 3. Programm, gleichzeitig eine Möglichkeit für die Kulturredaktion, ein traditionsreiches und literarisch umworbenes Städtchen voller feiner Leute dem heimatliebenden Publikum bekannt zu machen.

Oh, ich merke, daß ich mich hier im Lande des Glimmers und Glamours bereits gut angepaßt habe. Vermarktung ist alles.

Gerade erreicht mich ein Brief meiner Mutter aus Bad Zwischenahn. Sie bedankt sich für Eure guten Wünsche und läßt herzlich grüßen. Besucht die gastfreundliche Dame doch mal, wenn es die Zeit erlaubt. (Sanatorium Prof. Jürwendt.) Ich hab ihr gelegentlich von Dir erzählt, so daß sie Euch gleich ins Herz schließen, Euch mit Kaffee und Kirsch (-wasser, meine ich, nicht -kuchen, den verachtet sie) bewirten und Euch jenen Kuß gönnerhaft auf die geneigten Häupter hauchen wird, den sie in früheren Jahren von einer der Musen empfangen zu haben glaubt. Nehmt Ihr dann bitte auch einen Gruß und einen Strauß gelber Rosen (Gott vergelt's) mit, das ist mein Erkennungszeichen. Grüßt sie wirklich, denn ich bin arg beunruhigt über ihren Zustand, unter dem sie selbst außerordentlich leidet!

In einem Deiner früheren Briefe, fällt mir gerade wieder ein, beschimpfst Du mich ja fürchterlich, daß ich Euch nicht besucht habe, obwohl es doch von Bad Zwischenahn nach Bramme nicht mehr als ein Katzensprung sei. Richtig, nur habe ich ja vor Deiner Einladung zum 40. nicht ahnen können, daß Du nun in Bramme an der Bramme residierst ... Als letzte Adresse hatte ich noch irgend etwas im Hessischen notiert.

Hoffentlich sind nun in der Residenz alle wieder gesund geworden. Und grüß mir die Dame Uta schön, falls sie sich meiner erinnert. Sonst auch, dann eben unbekannterweise. Sie soll Deinem geretteten Entchen ordentlich klarmachen, was es einem Helden schuldig ist. Und paß auf, daß aus dem Entchen keine Graugans Martina wird!

Du aber lehre Deine Beamten schön (haben sie in den Vorlesungen auch Ärmelschoner an?) und berichte gelegentlich, wie's meiner Mutter geht.

Dein Alex

Anonymer Brief
an Kriminalhauptkommissar Kämena

Eingangsstempel der Kripo Bramme
vom 25.5.1982

Hallo Kämena Klugscheiser hat natürlich alle einer kaputgemacht nämlich ich der böse Geist von Bramme! Ihr seid ja alle zu beklobbt um mich rauszukriken und haltet nur grose Reden für die Zeitung mit Euren Beamtenbäuchen und Dienstärschen! Kenne noch ein paar würd ich gern mal reintreten dass spritzt! Ihr werdet wider von mir hören! Schönen Urlaub wünscht Euch!!!

Hanns-Ulrich Lachmund
an
Alexander F. Hillermeier

Bramme, den 4. Juni 1982

Lieber Alexander,

es wird Dich überraschen, schon wieder Post von mir zu bekommen, aber zum einen ist das Briefeschreiben bei mir nun schon fast zur Gewohnheit geworden, und zum anderen gibt es Anlässe genug, erneut zum Kugelschreiber zu greifen. Da wäre erst einmal zu berichten von einem Ausflug nach Bad Zwischenahn mit einem Besuch bei Deiner Mutter im Sanatorium von Prof. Jürwendt. Es ist bewundernswert, wie tapfer sie das alles erträgt, was da mit ihr geschieht. Sie hat sich sehr gefreut und läßt Dich herzlich grüßen. Noch hat sie ja das Lachen nicht verlernt; vielleicht gibt es doch ein Wunder. So hat sie sich zum Beispiel sehr amüsiert darüber, daß Du bei Deinen regelmäßigen Fahrten von Gießen zu ihr nach Bad Zwischenahn jedesmal durch Bramme gekommen sein mußt. Sie vermutet sogar, daß Du in Bramme eine – so ihre Bezeichnung – eine «Geliebte» hast; daher hättest Du sie allein aus diesem Grunde unbedingt in Bad Zwischenahn unterbringen wollen. Man munkelt ja bei uns hier in Bramme so einiges, und so ist es für Uta und mich ein beliebtes Spielchen geworden, uns auszumalen, mit welcher der prominenten grünen Witwen Du möglicherweise Deine besonderen Therapieversuche unternommen haben könntest. Wie auch immer: Deine Mutter hofft auf ein baldiges Wiedersehen mit Dir. Dann aber bitte – nach diesen Enthüllungen ist es wirklich unumgänglich – mit einem Abstecher nach Bramme! Ture meint, wir sollten Dich, wenn Du unerkannt bleiben willst, im Kofferraum unseres Wagens hertransportieren.

Solltest Du jetzt, lieber Alexander, vom fröhlichen Grundton der bisherigen Zeilen auf meine generelle Stimmung schließen, so wäre das falsch. Bei uns zu Hause sieht es im Augenblick ungewohnt düster aus: Svenja hat eine Art Magen-Darm-Grippe, und Ture hat sich bei einem kleinen Fahrradunfall das Schlüsselbein gebrochen. Ausnahmezustand also! Dazu Uta plötzlich mit Depressionen, die sich in heftigen Aggressionen mir gegenüber äußern. Ich bin schuld, daß sie ihr Pädagogikstudium aufgegeben hat und nun – sagt sie – als Hausfrau und Mutter «verkümmert». Alles habe sie der Familie geopfert, und die bringe es noch nicht einmal fertig, ihr ohne Murren einen Brief zur Post zu tragen ... Das waren bislang unbekannte Töne für mich.

Aber das ist nicht der einzige Ärger, den ich zur Zeit habe – auch an der HÖV gibt es auf einmal welchen. Monatelang hat mir Hirsch-Lampert, unser bisheriger Präsident, feierlich erklärt, er wolle nicht ein zweites Mal kandidieren und mich als seinen Nachfolger empfehlen; nun aber will er aber doch wieder und beginnt, nach Minuspunkten auf meinem Konto zu suchen.

Was mich aber am meisten irritiert, ist dieses Mädchen, das ich am Suicid gehindert habe. Sie verfolgt mich auf Schritt und Tritt – und wenn sie nicht wirklich in meiner Nähe ist, so sehe ich sie dennoch und ergreife die Flucht: Ein richtiger Verfolgungswahn ist das nun schon fast. Sie muß partout in denselben Geschäften einkaufen wie ich und im selben Restaurant ihre Pizza essen. Geh ich mit Ole und Svenja auf den Spielplatz hinterm Wildschweingatter, kommt sie auch und tobt mit den Kindern herum. Letzten Montag hat sie mich sogar zu Hause angerufen: Ole habe sein Dreirad vor den Ritter-Stuben stehenlassen – ob sie es nach Hause bringen solle? Und das Schönste: Seit gestern ist sie auch in den TSV Bramme eingetreten, und zwar in die Abteilung Ausgleichssport, in der Männlein und Weiblein gemeinsam zu Werke gehen, insbesondere bei Gymnastik und Volleyball (meistens Ehepaare; auch Uta ist dabei).

Du magst jetzt grinsen, aber ich finde dies alles ungemein lästig, zumal jetzt auch Uta zu spötteln beginnt; so gestern beim Volleyball: «Ah, unser viertes Kind! Wann soll'n wir sie denn offiziell adoptieren?» Das war zwar leise, als wir uns – in gegnerischen Mannschaften spielend – am Netz gegenüberstanden, aber ich mußte dennoch Angst haben, daß Ann-Kristin, die in meiner Crew den Aufschlag hatte, es hören könnte.

Sicher, ich sollte Mitleid haben mit diesem dürren Gerippe, aber – Gott verzeihe mir – ich fühle nichts weiter als den Drang, sie wegzuscheuchen wie eine Mücke, wie eine Schmeißfliege, die mich beim Essen stört. Wenn sie mich doch nur in Frieden ließe!!

Gestern lag ein Brief von ihr bei uns im Kasten, mit einem 13 × 18 cm großen Porträt von ihr und einer Widmung: «Meinem Retter ...» Dazu auf dem Briefumschlag handgemalte Blümchen. Ich hab das alles gleich zerrissen.

Uta hat gerade im Vorbeigehen meine letzten Zeilen überflogen und erraten, worum es sich dreht. Und was ruft sie mir zu: «Ja, ja, jede gute Tat rächt sich einmal!» Das ist so eine Art von Zynismus, die ich nicht ertragen kann! Ich habe meine Pflicht getan, etwas ganz Selbstverständliches, und ich begreife nicht, warum wir jetzt nicht alle ganz schlicht und einfach zur Tagesordnung zurückkehren können?

Am Freitag war ich hier im Brammer Stadttheater; Uta war mit und ein Teil meiner Kollegen. Ich hätte fast Beifall geklatscht, als – es wurde «Rameaus Neffe» von Diderot gespielt – plötzlich die Worte fielen: «Die Dankbarkeit ist eine Last, und jede Last mag man gern abwerfen.»

Ja, Herr Psychologe, was tut man da, wenn einem die Angst vor der hypertrophen Dankbarkeit eines anderen fast die Luft abschnürt? Es hat bei mir wirklich schon fast pathologische Züge angenommen: Wie ein gesuchter Schwerverbrecher schleiche ich zuweilen durch Bramme, den Mantelkragen hochgeschlagen, hinter meinem Regenschirm versteckt, damit ich ja nicht von ihr erkannt werde, wenn sie mir wieder irgendwo auflauert ... Das ist doch nun wirklich hirnrissig!

Wie kann man einem Menschen begreiflich machen, daß er einem zutiefst gleichgültig ist und man ihn partout nicht sehen will?!

Ein Königreich für einen psychologisch richtigen Rat! Ich hoffe da ganz auf Deine Kompetenz und Deinen Einfallsreichtum.

Als Gegenleistung sollst Du von mir bis an Dein Lebensende jeden juristischen Beistand haben, den Du brauchst (kostenlos natürlich).

In Erwartung Deiner Ratschläge und schon im voraus herzlich dankend

Dein
Hanns-U.

PS. Anbei, zu Deiner Information, der Brief, den ich gleich Mitte April von «meiner Geretteten» erhalten habe. Und noch etwas: Was meinst Du eigentlich mit der «Graugans Martina»? Ist das irgendeine Anspielung auf Ibsen oder sonst einen naturverbundenen Dramatiker?

Alexander F. Hillermeier
an
Hanns-Ulrich Lachmund

Los Angeles
14. 6. 82

Lieber Hanns,

die Anspielung auf Martina, die Graugans, hatte ich natürlich nur spaßig gemeint. Nach Deinem letzten Brief fange ich aber doch an zu befürchten, daß der Vergleich mit jenem neben Pawlows Hund vielleicht bekanntesten Tier der Psychologiegeschichte berechtigt sein könnte. Der Verhaltensforscher Konrad Lorenz hat einmal erzählt, wie er die Mutterrolle bei einer kleinen Graugans übernommen hatte und dann nicht los wurde. Jedes geschlüpfte Küken der Graugänse hat kurz nach dem Schlüpfen einen sogenannten sensiblen oder kritischen Moment, wo es nach einer Bezugsperson sucht und genau das, was sich in diesem Moment in seinem Gesichtsfeld bewegt, als Mutter akzeptiert. Natürlich ist das im normalen Familienleben einer kleinen Graugans in aller Regel die Originalmutter, in deren Schutz sich das Küken damit schnurstracks begibt.

Bei Lorenz liest sich diese Situation sehr lustig (er ist auch hier in den USA so berühmt, daß ich sogar eine deutsche Ausgabe in der Bibliothek der UCLA gefunden habe).

«Den Kopf schief gestellt, sah sie mit großem, dunklem Auge zu mir empor. Mit einem *Auge, denn wie die meisten Vögel fixiert auch die Graugans, will sie etwas ganz genau sehen, einäugig. Lange, sehr lange sah mich nun das Gänsekind an. Und als ich eine Bewegung machte und ein kurzes Wort sprach, löste sich mit einemmal die gespannte Aufmerksamkeit, und die winzige Gans* grüßte: *Mit weit vorgestrecktem Hals und*

durchgedrücktem Nacken sagte sie sehr schnell und vielsilbig den graugänsischen Stimmfühlungslauf, der beim kleinen Küken wie ein feines, eifriges Wispern klingt ... Noch wußte ich nicht, welch schwere Verpflichtungen ich damit auf mich genommen hatte, als ich der Musterung des dunklen Äugleins standgehalten und mit einem unbedachten Wort die erste Begrüßungszeremonie ausgelöst hatte.»

Vielleicht ist das Unsinn, zwischen einer soeben geschlüpften eiweißverklebten Graugans und einer lebensmüden Zwanzigjährigen eine Parallele ziehen zu wollen. Ich bekämpfe sonst auch immer unkritische Übertragungen von tierischen Instinkthandlungen auf menschliche Verhaltensweisen. Aber die Ähnlichkeit der Vorgänge ist doch recht auffällig. Deine «Martina» hat ja durch Deine Intervention so etwas wie eine zweite Geburt erlebt, an deren Wiege genau das stand, was ihr in ihrem ersten Leben verlorengegangen ist: Ein Mensch, der sich instinktiv und entschlossen auf ihre Seite gestellt hat (danke übrigens für den Brief, den ich wieder beilege; er ist ja ganz aufschlußreich, wenn auch recht sentimental). Da ist ein Lebewesen in einer Notlage, selbst nicht – oder nicht mehr – lebensfähig, existentiell bedroht. Und in diesem Moment nimmt es die Bewegung, ja die Berührung durch einen Retter wahr, eine beschützende Mutter bzw. den starken Arm eines Mannes – und schon hat es klick gemacht, ist das Zahnrad eingerastet, die Falle zugeschnappt. Such Dir das beste Bild davon aus. Es hat eine Prägung stattgefunden, wie beim Siegellack, der durch den Petschaft im «sensiblen Moment» – nicht mehr ganz weich, aber auch noch nicht zu hart – seine dauerhafte Prägung erhält. Deswegen nennen die Verhaltensforscher diesen Martina-Effekt auch Prägung bzw. Prägungslernen.

So wärst Du denn jetzt die Mutter, die sich einer jungen Dame fest «aufgeprägt» hat – ein ironisch gemeinter «herzlicher Glückwunsch» erstirbt mir in der Feder ... Daß man als Hochschullehrer immer so leicht ins Dozieren gerät, tut mir leid. Aber Du hattest mich ja auch um Hilfe gebeten, und wir Sozialwissenschaftler können bezeichnenderweise eher dadurch helfen, daß wir zum Verständnis einer Situation beitragen, als daß wir konkrete Ratschläge erteilen oder gar Rezepte ausschreiben. Die ganze Psychoanalyse und weitere Therapieformen (bis auf die klassische Verhaltenstherapie) beruhen auf diesem Prinzip: Wenn Du den Sinn Deiner psychosomatischen Symptome oder Deiner neurotischen Hemmungen und Fixierungen erst einmal verstanden hast, verlieren sie sich oft von selbst. Am besten schickst Du also Deine Ann-Kristin zu einem Analytiker oder Gesprächspsychotherapeuten, und über kurz oder lang wird sie Dich als Zufallsprägeform erkennen und vergessen.

Ob Dir meine Hinweise auf die Bindungsgewohnheiten von Federvieh, das wir normalerweise eher in der Daseinsform des Bratens schätzen, viel helfen, weiß ich nicht. Kann denn Uta nicht ein klärendes Wort sprechen und für Distanz sorgen? Und hast Du selbst Deinem neuen Schwarm überhaupt schon gesagt, daß sie sich – bitte! – zurückhalten soll? Oder ... Gefällst Du Dir vielleicht auch unbewußt in der Rolle des reifen und erfolgreichen Mannes, der von einem jungen, erblühenden Wesen angehimmelt wird – Wunschtraum aller von einer Midlife Crisis Heimgesuchten?

Hab übrigens ganz herzlichen Dank für den Bericht über Mutters Ergehen. Hab ich's mir doch gedacht, daß sie Euch gefallen würde! Vielleicht besuch ich sie auch noch mal in Zwischenahn, wenn ich – möglicherweise – ohnehin zu ein paar Prüfungen nach Gießen muß. Zwei Doktoranden sind vermutlich bald soweit, und die sind ihrerseits auf mich als ihren Doktorvater geprägt und wollen unbedingt von mir geprüft werden. –

Ich grüße Dich also herzlich und hoffe auf gute, auf bessere Nachricht. Such Deiner Martina Humana doch einen netten, vielleicht etwas sentimentalen Studenten aus und hetz ihn ihr an den Hals und in den Schoß – Du wirst sehen, wie schnell Du Deine Freiheit wiederhaben wirst. Ist dies der von Dir erbetene psychologische Rat? Ich weiß nicht, er klingt zu theorielos. Aber dafür ist er wenigstens in der Praxis erprobt – mit positiven Ergebnissen.

Grüß Dich, Hanns!
Dein Alex

Uta Lachmund
an
Ann-Kristin Angeleidt

Bramme, den 17. 6. 82

Liebe Ann-Kristin

(so darf ich Sie doch nennen?), entschuldigen Sie bitte, daß sich bei mir keine Zeit für ein persönliches Gespräch mehr finden läßt, aber in einem fünfköpfigen Haushalt gibt es immer überreichlich zu tun. Ich hätte Sie ganz sicher auch angerufen, aber leider haben Sie ja noch keinen Telefonanschluß. So kann ich Ihnen nur diesen Brief auf die Türschwelle legen, nicht ohne mich gleichzeitig auch für die netten Sets zu bedanken, auf die Sie unsere Namen gestickt haben. Sie gefallen uns gut. Das sechste Set, das mit Ihrem Namen, hätten Sie aber doch bei sich zu Hause besser nutzen können. Aber vielleicht ergibt sich doch auch mal eine Besuchsgelegenheit.

Aus der Tatsache, daß Sie jetzt so ganz in unsere Nähe gezogen sind, ersehe ich, wie groß Ihre Hoffnungen gewesen sein müssen, bei uns eine Anstellung als Kindermädchen zu finden. Unser längeres Gespräch im Café Klauer scheint da bei Ihnen leider falsche Vorstellungen geweckt zu haben. Sicherlich liebe ich die Rolle als Hausfrau und Mutter nicht über die Maßen, und meine drei Kinder sind schon eine große Belastung für mich; aber trotz allem kann ich mich nicht dazu entschließen, ihre Erziehung einem anderen Menschen anzuvertrauen. Es gibt viele Gründe dafür. Von einer Wiederaufnahme meines Pädagogikstudiums verspreche ich mir im Augenblick herzlich wenig (die späteren Berufschancen sind ja gleich null); die Kinder (jedes von ihnen ist gerade in einer besonders schwierigen Phase) brauchen mich dringend – und schließlich würde mein Mann meiner Aushäusigkeit nur schwerlich zustimmen.

Nichtsdestoweniger darf ich Ihnen versichern, daß mich Ihr Schicksal sehr angerührt hat und ich weiterhin sehen werde, ob und wo sich eine Chance für Sie ergeben könnte. Bitte haben Sie aber auch Verständnis dafür, daß weder mein Mann noch ich die Zeit und die Kraft haben, Ihnen die Hilfe zu geben, die Sie derzeit benötigen. Unsere Familie absorbiert uns vollkommen, frißt uns auf.

Und bitte akzeptieren Sie auch, daß wir beide eher Schneckenhaustypen sind, die ihr eigenes Leben zu leben wünschen und die Kontakte zu den Nachbarn auf der altbewährten Ebene von «Guten Tag und guten Weg» halten möchten. Unter dieser Voraussetzung sind Sie uns als neue Nachbarin natürlich herzlich willkommen.

Für die Probleme, die Sie bewegen, wird es ganz sicher eine Lösung geben, zumal ja in Bramme glücklicherweise ein allgemein geschätzter Psychiater zu Hause ist: Dr. Deutschlien, Knochenhauergasse 5, ein guter Bekannter von mir. Bei ihm habe ich für nächsten Dienstag, 17 Uhr 30, auch einen der knappen Termine für Sie bekommen (auch als Kassenpatientin). Er wird Ihnen mit Sicherheit helfen.

Damit und
mit den besten Grüßen
Ihre
Uta Lachmund

Kleinanzeige im
Brammer Tageblatt *vom 19. 6. 1982*

Hiermit statte ich
meinem Lebensretter,
Herrn Prof. Dr. H.-U. LACHMUND,
auch öffentlich meinen
tiefempfundenen Dank
für seine mutige Handlung ab.
A.-K. Angeleidt, Bramme

Hanns-Ulrich Lachmund
an
Alexander F. Hillermeier

Bramme, den 25. Juni 1982

Lieber Alexander,

hab Dank für Deine prompte Antwort auf meinen letzten Brief und insbesondere Deine Vorlesung über die Bindungsgewohnheiten der Graugänse. In Band 7 von «Grzimeks Tierleben» – Tures Exemplar, das ihm am letzten Heiligen Abend vom Weihnachtsmann überreicht worden ist – finde ich Deine Angaben voll bestätigt; mit der für mich wunderbar tröstlichen Hervorhebung auf Seite 277, daß Martina jeden Funken Energie aufwende, bis zur völligen Erschöpfung die verlorene Mutter wiederzufinden. Überschrift bei Lorenz, der in diesem Werke auch zu Worte kommt: Alleinsein bedeutet Tod.

Mit dieser Gänseanalogie, lieber Alex, hast Du mich eher erschüttert, denn aufgerichtet. Ist der Vergleich mit einer Gans für einen Hochschullehrer ohnehin wenig ehrenvoll (in Berlin pflegte man früher Leuten mit geringen Intelligenzquotienten nachzurufen: «Der hat ja 'n Jänsekopp!»), so beunruhigt mich auch, überfliege ich einige Passagen bei Grzimek, daß in der «gerichteten Balz» die Weibchen die Männchen hetzen. Diese Phase hat meine Martina sprich: Ann-Kristin, schon hinter sich, denn seit Anfang einer Woche hat sie bei uns im Trappenkamp Quartier genommen, sozusagen in Blickkontakt mit mir, das heißt, schräg gegenüber unseres Hauses in der Mansardenetage einer alten Villa. Wahnsinn! An die nächsten Stufen des bei Grzimek beschriebenen Paarungsprogrammes der «Entenvögel» darf ich gar nicht weiter denken: Zuerst müßten wir uns beide «Antrinken» und dann käme meinerseits das «Scheinputzen», bevor als Vorspiel zur Begattung das «Pumpen» erfolgte, pumpende Auf- und Abbewegungen mit dem Kopf. Zitat dann auf Seite 261: «Die Begattung findet bei weitaus den meisten Arten auf dem Wasser statt.» – Vor dem Nachhausefahren wollte ich mich noch schnell mit einem Bad in der wunderschönen Flußbadeanstalt erfrischen – ich lasse es wohl lieber ...

Galgenhumor, lieber Alexander. Denn diese Klette, die ich mir da in den Pelz gesetzt habe, wird mir von Tag zu Tag lästiger; ist wirklich schon eine Plage für mich. Zuerst habe ich in der Tatsache ihrer Belagerung sicher noch ein Stückchen männlicher Selbstbestätigung entdecken können, so ganz unattraktiv ist sie ja nun eigentlich doch nicht, aber allmählich kann ich mich nur noch als ihr Opfer fühlen. Nachdem sie mich neulich mit einer Kleinanzeige im «Brammer Tageblatt» öffentlich lächerlich gemacht hat – ich bitte Dich, das geht doch nicht! –, fand ich sie gestern auf einer Art Melkschemel vor unserem Haus sitzen: Sie war dabei, mit völlig ungeübter und sicher auch unbegabter Hand unser Haus mit Wasserfarben abzumalen, die Thermoskanne und eine Tasse neben sich, wohl um anzuzeigen, wie lange sie dort zu verharren gedenke. Und vor einigen Tagen kam in die HÖV eine Postkarte mit einem scheuen Rehepaar auf einer Waldlichtung, die sie mir von einem Ausflug mit folgender Widmung zugedacht hat: «Dem lieben Herrn Professor in Dankbarkeit und Zuneigung von einem einsamen Ausflug von seiner Ann-Kristin A.»

Neulich fand Uta sie, als sie nach Hause kam, als «hilfsbereite Nachbarin» im Garten beim Unkrautzupfen im Erdbeerbeet. Man habe es dem Beet angesehen, daß Uta zu beschäftigt sei, um alles selbst zu besorgen, und da sei sie ein wenig eingesprungen ... Als Kinder, in Berlin, haben wir von solchen Leuten immer gesagt: Die hat ja nich mehr alle!

Aber mal ganz im Ernst: Die Dame muß doch wirklich geisteskrank sein! Ob Du es glaubst oder nicht: Heute morgen habe ich unser Haus durch die Hinterpforte verlassen und bin durch dichtes Gebüsch zum Haltepunkt Wildgatter geschlichen – vor Angst, sie könnte mir beim Einsteigen ins Auto plötzlich um den Hals fallen und mich abküssen ... Und Uta dann hinter der Gardine! Du magst jetzt grinsen, feixen, Dich köstlich amüsieren, aber für mich ist das ein Alptraum! Uta hat anfangs auch nur gespottet, jetzt scheint sie mir ebenso ratlos wie ich. Deinen Vorschlag vorwegnehmend, hat sie die Klette schon auf den wohl einzigen Psychiater hier in Bramme hingewiesen, aber wohl noch keine Reaktion registrieren können.

Was also tun in diesem Falle von «Menschenbesetzung»? (Kannst Du mir sagen, warum mich das alles derart bedrängt und bedrückt? Ich verstehe mich selbst nicht mehr ...)

Dein zweiter Vorschlag geht dahin, einen unserer Studenten auf Ann-Kristin «anzusetzen» ... Gott, das ist bei uns in der Beamtenausbildung völlig unmöglich!

So bleibt mir nur die Hoffnung auf Deine Psychologenkunst. Ob Du mal bei uns in Bramme vorbeikommen könntest, um mit dem Mädchen zu reden? Vielleicht – ich spinne Deinen Gedanken mal weiter – nicht nur dazu, sondern auch (Du bist ja Spezialist darin) ihre «libidinösen Strebungen» (wenn ich Eure psychologische Terminologie richtig behalten habe) ein wenig umzulenken? Mit dieser Doppeltherapie müßte es doch machbar sein, diese komische Irre wieder abzuschütteln! Ich würde das natürlich nie erwähnt haben, wenn Du nicht selbst von einem möglichen Besuch in Gießen berichtet hättest. Man fliegt ja sonst nicht schnell mal von einem Kontinent zum anderen um eines ungewissen Schäferstündchens willen, auch wenn dieses auf Freundes Bitte hin erfolgt.

Deine Mutter würde sich aber ganz bestimmt über alle Maßen freuen. Eine Cousine unseres Hausmeisters in der HÖV – der Zufall will es – ist nämlich Krankenschwester im Sanatorium Deiner Mutter, und sie hat ausrichten lassen, daß es ihr gar nicht so rosig gehe. Die Schmerzen in der Hüfte ließen sich nur schwer bezähmen, die verabreichten Medikamente scheinen unangenehme Nebenwirkungen zu haben, wie Antriebsarmut und Orientierungsschwäche; vor allem aber scheint Deine Mutter unter der «trockenen Akne» zu leiden, die bei der Cortisonbehandlung häufig auftreten soll. Schultz, unser besagter Hausmeister, ist zwar sonst nicht sehr gesprächig, aber des aufgetragenen Grußes hat er sich doch beim Auswechseln einer durchgebrannten Birne in meinem Overhead-Projektor ausführlich entledigt.

Ich schreibe hier aus meinem Büro in der HÖV und habe gleich wieder zu meiner rechtsmethodologischen Übung zu eilen, auch nicht mehr mit der früheren Freude, denn zu oft bin ich jetzt nervös und unkonzentriert, und es bleibt jenes Echo aus, das man halt braucht, um gut zu sein.

Auf Deine Hilfe hoffend,
herzlichst
Dein Hanns-H.

Anonymer Brief
an Kriminalhauptkommissar Kämena
Eingangsstempel der Kripo Bramme
vom 2. 7. 82

KÄMENA DU ARSCH BEINAHE HÄTTS GESTERN WIDER GEKLAPT! ABER ES SIND LEUTE GEKOM. SIE HATS NOCH GANICH GEMERKT GEHABT. ABER ICH SPÜHRS ICH MUS WIDER EINE KAPUTMACHEN. ABER DU KRIKS MICH NICH DU ARSCH!

Alexander F. Hillermeier
an
Hanns-Ulrich Lachmund

Los Angeles
4-7-82

Lieber Hanns,

Du machst ja mittlerweile einen recht besorgten Eindruck! Was ich bisher mehr als unterhaltsame Begebenheit gesehen habe, entpuppt sich nun allmählich als bedenklich. Da tut mir mein ironischer Ton langsam leid; aber Du weißt, das ist nun mal meine Art.

Also, daß Du mich so beim Wort nehmen und mich statt eines Studenten in den Armen Deiner Trabantin sehen möchtest, das habe ich nicht geahnt. Erst mußte ich laut lachen und freute mich, daß Du Deinen Humor noch nicht verloren hast. Dann ging mir allmählich ein Licht auf: Du meinst es ernst. Ich hätte gern gekniffen. Jetzt bin ich baff, das muß ich frei gestehen, aber meine Suche nach Ausreden oder nach unwiderlegbaren Rationalisierungen bleibt erfolglos. Und, last not least, um ganz ehrlich zu sein: Die Offerten, wenn schon indirekt, für amouröse Abenteuer werden einem in unserem Alter ja nun auch nicht mehr täglich auf einem silbernen Tablett überreicht ... Die Gefahr einer Neufixierung, einer Prägung auf meine Person besteht zudem nicht, weil ich ja gleich wieder über den großen Teich muß.

Also: Ich halte es für ziemlich verrückt, aber ich will's versuchen – zumal mein kurzer BRD-Trip unmittelbar bevorsteht: Die Doktoranden warten schon, und Dein Bericht von meiner Mutter läßt mich einen Besuch bei ihr als unabweisbar erkennen.

Ich habe übrigens auch nicht vergessen, was Du 1964 für mich getan hast: Ohne Deine juristischen Ratschläge wäre ich ganz sicher nicht zur Diplomprüfung zugelassen worden! Dieser eine verlorengegangene Schein ... Ich habe Dir damals geschworen, daß ich einmal *alles* für Dich tun würde, wenn Du einmal in Not geraten solltest.

Im übrigen – ich versuche, wieder auf den Boden der Tatsachen zurückzufinden – ist es ja weiß Gott nicht gesagt, daß es «zum Letzten» kommen muß. Aber zu einem längeren Gespräch sollte es schon kommen, und da würde es wohl etwas seltsam anmuten, wenn ich offen als Dein Abgesandter aufträte: «Gestatten, verehrtes Fräulein, mein Freund hat mich aus USA hierher geschickt, um Ihnen zu sagen, daß Sie doch bitte von ihm lassen möchten ...» Nein, es muß wohl eine «Zufallsbekanntschaft» sein. Versuch doch mal rauszukriegen, wo und wann ich sie «ganz zufällig» treffen könnte.

Warum scheue ich dennoch wie ein Pferd vor einer zu hohen Hürde? Vielleicht ist es das Gefühl, zum Erfolg verdammt zu sein, das meine Begeisterung so dämpft.

Ich habe noch einmal über die Prägung nachgedacht und in Büchern gestöbert. Ich bin dabei auf zwei Punkte gestoßen, die mich nachdenklich gemacht haben. Erstens: Prägungsprozesse gelten als nicht wieder auflösbar, sind also irreversibel. So ist es auch dem großen Konrad L. nicht gelungen, seine Martina einer anderen, viel angemesseneren Mutter unterzuschieben, nämlich einer zur Übernahme von Mutterpflichten nur zu bereiten, dicken weißen Hausgans. Martina erkannte den Betrug und suchte schreiend ihren Muttervater auf. Auch andere Forscher haben diese Erfahrung gemacht. Merkwürdigerweise ist diese Bindung noch um so stärker, je aggressiver sich die Prägungsglucke ihres Kindes erwehrt: Schlag mich, aber ich lieb Dich, ein ganzes Leben lang!

Das zweite ist die Erkenntnis, daß mit der Prägung auf ein Elterntier bei Grau- und anderen Gänsen auch die Festlegung auf die Gattung bzw. die Art des späteren Sexualpartners erfolgt. Dazu schweigt sich Konrad der Große allerdings aus ... Gott, Hanns, was sind das für Aussichten! Allerdings, wenn ich es jetzt richtig überdenke, erfolgt die Festlegung ja nicht auf das Individuum, sondern auf die Art, die Rasse. Vielleicht tritt ja noch mal ein anderer großer schwarzhaariger Mann in ihr Leben (Dein «Schwiegersohn», ha-ha), der auch so schön den Heldentenor singen und lateinische Verse vortragen kann ... Ob das auch ein Jurist sein müßte, wie Du?

Ich werde sehr bald hier starten und mich von unterwegs bei Dir melden. Vielleicht fällt mir bis dahin ein passendes Entrée ein, mit dem ich den «Kampf» eröffnen kann. Denk Du auch mal nach, ob sie zu einer bestimmten Stunde an einem bestimmten Orte ‹zufällig› zu erreichen ist. Oder soll ich mich doch gleich enttarnen und meine Rolle mit offenem Visier spielen?

Kopf hoch, auch wenn draußen eine steife Brise weht!

Dein
Alexander

Ann-Kristin Angeleidt
an
Uta Lachmund

Bramme, den 5. 7. 82

Sehr geehrte Frau Lachmund!

Ihr Brief hat mich ziemlich erschreckt und verärgert. Weil der Ton sehr freundlich ist und weil Sie auch bei unserem Gespräch im Café Klauer sehr nett zu mir waren, kann ich das besonders nicht verstehen. Was soll ich denn bei einem Psychiater? Daß Sie mich für geistesgestört halten, finde ich ziemlich empörend! Ich bin wirklich ganz gesund bzw. normal. Jetzt sogar viel normaler als früher, seitdem Ihr Mann mich gerettet und mir damit den Weg in dieses neue Leben gewiesen hat. Wie sollte ich ihm dafür nicht dankbar sein? Oder ist es krankhaft, wenn man einen Sinn im Leben findet und dafür dankbar und anhänglich ist?

Ich glaube auch, wenn ein Mensch einem anderen eine so wichtige Entscheidung aufzeigt, daß er zum zweiten Male geboren wird wie ich, dann kann das kein Zufall sein. Ich glaube, das ist auch ein Zeichen des Schicksals, daß Ihr Mann gerade um diese Zeit draußen spazieren gegangen ist, als ich draußen auf den Schienen gestanden habe. Er hätte doch auch früher oder etwas später gehen können, nicht wahr?

Habe ich denn Gift an mir, daß ich Ihre Kinder nicht anfassen soll? Ich fühle mich doch jetzt fast wie eine Schwester. Ich will Ihnen doch auch gar nicht Ihren Mann wegnehmen, oder was haben Sie gedacht? Ich weiß aber, daß ich jetzt immer in seiner Nähe sein muß. Weil ich jetzt auch zu ihm gehöre.

Also zu dem Psychiater bin ich nicht gegangen. Vielleicht hat er es Ihnen auch schon gesagt. Und ich möchte mich nicht noch einmal verrückt nennen lassen, bitte!!!

Ich glaube, ich schreibe nicht sehr gut und bin vielleicht ein bißchen durcheinander, weil ich sehr aufgeregt bin.

Höfliche Grüße
Ann-Kristin Angeleidt

Alexander F. Hillermeier
an
Hanns-Ulrich Lachmund

Telegramm, aufgegeben am 10.7.82 im Rhein-Main-Flughafen, Frankfurt

Ankomme 10.7. 09 Uhr 32 Bahnhof Bramme stop freue mich auf Wiedersehen Alex

---

Alexander F. Hillermeier
an
Ann-Kristin Angeleidt

Über dem Atlantik,
12-7-82

Hallo, liebes Fräulein,

meine Schrift ist etwas unbeholfen, denn ich schreibe hier im Flugzeug, 11 000 Meter über dem alles verschlingenden Ozean. Und ich gestehe, daß ich mich hier, komplizierter Elektronik und ein paar stereotyp lächelnden Stewardessen in der Luft und damit am Leben gehalten, sicherer fühle als heute nacht in Ihrem Damensesselchen aus dem «Gelsenkirchner Barock». Ich habe die ganze Bahnfahrt nach Frankfurt gebraucht, um mich von den unseligen Fusseln zu befreien, die Ihre niedliche Decke auf meinem Anzug hinterlassen hat. Sie merken, ich will Sie verletzen, und ich weiß, dies ist die einzige Möglichkeit, meinen angeschlagenen, ja gedemütigten Stolz wieder aufzurichten.

Ja, es stimmt, und ich gebe es jetzt zu: Ich hatte meinen Freund Lachmund auskundschaften lassen, wo und wann ich Sie am besten treffen könnte. Es war übrigens meine Idee, seine Ruhe dadurch wieder herzustellen, indem ich *mich* mit Ihnen bekannt mache.

Vielleicht ist Ihnen nicht ganz klar, daß Sie dabei sind, einen ehrenwerten Mann, aussichtsreichen Juristen, loyalen Staatsdiener, tugendhaften Ehemann und besorgten Vater in die Verwirrung und Verzweiflung zu treiben? Zu den ungeschriebenen Normen unserer Gesellschaft gehört es nun mal, daß man den Willen anderer Menschen achtet und in die persönlichen Kreise eines Menschen nur dann eindringt, wenn man willkommen geheißen wird. Sie scheinen aber diese Schranken nicht beachten zu wollen. Das aber berechtigt Ihr «Opfer» seinerseits aus den sogenannten wohlanständigen Normen auszubrechen und Mittel und Wege zu suchen, die man sonst aus gutem Grund scheut. Hüten Sie sich also davor, Herrn Lachmund zu verurteilen oder gar zu verachten, weil er Sie auch mit meiner Hilfe abzuschütteln versucht hat.

Dabei schien mir eine Zeitlang der Tip Ihrer Vermieterin ein Geschenk des Himmels ... Hanns-Ulrich hatte sich bei ihr – unter falschem Namen natürlich – erkundigt, wo Sie gestern abend zu finden sein würden. Und wo könnte man einer zu anregendem Dialog auserkorenen Nymphe lieber begegnen wollen, als ausgerechnet in der Sauna? Und wenn ich auch gereizt wie ein verwundeter Hirsch Ihren Fauteuil verlassen habe, so gestehe ich doch großherzig, daß Sie dort in der Schwitzanlage unter allen anwesenden Nixen die begehrenswerteste für mich waren. Da erspare ich Ihnen nun nicht mein gönnerhaftes Lob, ob Sie's hören wollen oder nicht: daß ich Ihren Anblick in Erwartung späterer Ereignisse angstfrei genossen habe, daß ich mich zum Schwitzen gern auf die Bank über der Ihren gelegt und daß mich Ihr Körper, die Grübchen am Rücken, die schlanken Finger und die träumerisch-versunkenen Augen schnell das Künstlich-Strategische meines Auftritts vergessen ließen. Da irrt Herr Lachmund: daß er Sie einmal als «dürres Gerippe» bezeichnet hat, weist auf die Angst, die die Wahrnehmung verzerrt.

Und gestehen Sie: Es war Ihnen nicht unangenehm, daß ich Sie angesprochen habe, als wir neben- bzw. übereinander geschwitzt und die letzten Sekunden bis zum Aufspringen spaßeshalber gezählt haben, daß ich Ihnen mit meinen Berichten von der UCLA und den kuriosen Abenden in Hollywood imponiert habe, als wir gemeinsam – im Bademantel sittsam und doch so intim – in der Saunabar saßen und Cuba libre tranken; daß Sie sich geschmeichelt fühlten, als ich Sie aufforderte, mit mir die sternenklare Nacht zu einem Spaziergang zu nutzen; vor allem: daß Sie sich Ihrer «Treue» längst nicht mehr sicher waren, als wir zusammen die Treppe zu Ihrer Mansardenwohnung raufschlichen ...

Ja, ich weiß und bin dieses Wissen meiner Eitelkeit auch schuldig, daß ich die Tür schon weit aufgestoßen hatte, die uns den Weg in eine temperamentvolle Nacht weisen sollte, bis ich dann ...

Sie wissen schon!

Sei's drum. Denken Sie aber bitte daran, daß noch über meiner Sinnenlust als Beweggrund eine Freundschaft stand, die mir sehr viel bedeutet. Das werden Sie nicht verstehen können. Oder sind wir uns vielleicht gerade darin ähnlich, daß wir für unsere Ziele zu Tyrannen werden können? Wir hatten beide keine Wärme in unserer Jugend – ich weiß einiges über Sie von Hanns-Ulrich – und sind so zu Egoisten geworden. Ja, auch Ihr Selbstmordversuch paßt in dieses Bild. Die in ihren tiefsten Ich-Gefühlen verletzte depressive Persönlichkeit entzieht sich dieser Welt, um nicht als deren Opfer leben zu müssen, und sie fordert damit die Welt ein letztes Mal und hochdramatisch auf, ihr Aufmerksamkeit zu schenken, sie vielleicht – zu spät freilich – zu lieben.

Was meinem Charme zuletzt mißlang, will ich noch einmal in einen ernsten Appell kleiden, den ich am liebsten mit den martialischen Gebärden eines drohenden Schicksalsgottes begleiten würde: Suchen Sie die Erfüllung und den Sinn Ihres Lebens in sich selbst und lassen Sie von Ihrem Opfer (das übrigens auch so gar nicht zum tragischen Helden taugt)!

Ihr
A. F. Hillermeier

Alexander F. Hillermeier
an
Hanns-Ulrich Lachmund

Los Angeles
14-7-82

Lieber Hanns,

verzeih, daß ich erst heute schreibe, aber gestern hat mir der mit längeren Ost-West-Flügen verbundene «Zeitsprung» – der zweite innerhalb weniger Tage – noch zu stark zugesetzt; ich konnte mich einfach nicht konzentrieren.

Als ich neulich von Euch aufgebrochen bin, um meine Mutter zu besuchen und dann Deine Klette umzustimmen, da war ich voller Hoffnung, daß mir letzteres auch gelingen könnte. Nun sieht es anders aus: ich habe versagt. Und es fällt mir nicht ganz leicht, das so offen zuzugeben.

Dabei hatte alles so vielversprechend begonnen (die Einzelheiten erspare ich Dir natürlich): Wir sind in der Sauna schnell ins Gespräch gekommen – danke für das Frotteetuch, das ich nach Los Angeles mitnehmen mußte, weil ich nach meiner Niederlage mitten in der Nacht nicht mehr bei Euch reinschauen konnte. Ich hab es vorgezogen, den Frühzug um 6 Uhr 32 zu nehmen, so konnte ich mich in Frankfurt noch ein wenig umsehen. Es war klug, daß ich die Koffer gleich zum Bahnhof gebracht hatte. –

Die Kleine hat eine gute Figur und ist auch eine besonders gute und dankbare Zuhörerin. Von sich selbst hat sie den ganzen Abend nicht viel erzählt; lediglich von ihren ehemaligen Freunden aus einer Arbeitsgruppe, mit denen sie sich mal wieder getroffen hat. Die politische Arbeit mit diesen Leuten scheint – was auch immer dabei herausgekommen sein mag – das einzige gewesen zu sein, das ihr in den letzten Jahren Selbstbestätigung gegeben hat. Bei einem ausgedehnten Spaziergang durch die Brammer Weidenhaine hat sie sich dann immerhin als ordentliche Kennerin der heimischen Vogelwelt ausgewiesen – von der allerdings nichts zu sehen und fast nichts zu hören war. Mir gab der Spaziergang Gelegenheit, ein bißchen von Los Angeles zu erzählen, Imponiergehabe an den Mann bzw. an die Frau zu bringen, und die Balz so einzuleiten, daß alle Möglichkeiten offen blieben. Ich hatte das Gefühl, daß sie nicht abgeneigt war, Dir «untreu» zu werden. Kurz und gut, ich war gut in Fahrt, als mir – wir waren bereits in ihrem Zimmer gelandet – der entscheidende und unverzeihliche, aber vielleicht auch unvermeidbare Fehler passierte: Dich von mir aus zu erwähnen, ohne sie dazu gebracht zu haben, dies selbst zu tun! Sie brauchte nicht viel zu kombinieren, um auf die richtige Spur zu kommen. «Erst seine Ehefrau, und jetzt sein Freund» – sprach's und wies mir die Tür.

Was soll ich sagen: Es tut mir leid. Nach allem, was ich in dieser letzten Auseinandersetzung noch erfahren habe oder von Dir schon weiß, identifiziert sich die junge Dame absolut mit Dir. Und Identifikationen haben drei Folgen.

Erstens: Der sich identifizierende Mensch versucht, seinem Modell so ähnlich wie möglich zu werden, zumindest ausschnittweise. «Die Identifizierung strebt danach, das eigene Ich ähnlich zu gestalten wie das andere, zum ‹Vorbild› genommene», schreibt Meister Freud. God save the chief! Kinder verhalten sich wie ihre Eltern, übernehmen ihre Einstellungen, ahmen Bewegungen und Sprache nach; frisch eingetretene Parteimitglieder übernehmen eilfertig alle Wertungen, die von der Parteiführung vorgegeben werden, als eigene Überzeugungen; Fans kleiden sich wie ihre Stars. Die sogenannte Berufsvererbung gehört sicher auch dazu: Wer sich als Kind mit seinen Eltern identifiziert, strebt danach, auch ihren Beruf zu ergreifen. Vielleicht wird die leidende und leidschaffende Dame Angeleidt noch mal eine große Juristin?

Zweitens: Wer sich mit jemandem identifiziert, fühlt sich ihm zugehörig, an ihn gebunden, zur selben Gattung gehörig, unter einem gemeinsamen «Wir» vereinigt; er liebt und möchte geliebt werden, und zwar auf eine die ganze Person betreffende Art, die gar nicht unbedingt erotisch gefärbt sein muß, dies aber sein kann. Es findet – sagen die Analytiker – eine Objektbesetzung statt. Wenn Du schreibst, daß Deine Klette sich im selben Sportclub eingeschrieben hat, so hat dies neben dem Zuwachs an Kontaktmöglichkeiten, die sich zwischen Euch ergeben, auch die Identitätsfunktion: Ihr seid jetzt beide TSV-ler, sie ist jetzt auch wie Du eine «Trappenkamperin», und wer weiß, was sie sonst noch für Wir-Gefühle empfindet oder anstrebt.

Drittens: Zu den subtilsten Folgen der Identifikation gehört die «Tendenz zu stellvertretendem Erleben». Das Kind ist traurig, wenn die Mutter weint; der Kinogänger spürt seine Brust schwellen und richtet sich im Sitz auf, wenn sein Held trotz größter Gefahren die Sicherheit (oder auch nur die Ehre, wozu?) seiner Stadt gerettet hat und den eigentlich übermächtigen Eindringling im abschließenden Showdown kaltgemacht hat; der Schüler spürt eigenen Schmerz und Empörung, wenn seine geliebte Lehrerin von anderen angegriffen oder gar verspottet wird, als ob seine eigene Existenz und Integrität auf dem Spiel stünden.

Vielleicht mußt Du Dich also noch auf einiges gefaßt machen. Aber ich sollte Dich eigentlich lieber trösten, als Dir neue Gespenster an die Wand zu malen. Vielleicht platzt dies alles wie eine Seifenblase – und Du sitzt alsbald wieder gänzlich unbekümmert und wohlbehütet auf Deinem Lehrstühlchen, Kinder und Frau um Dich herum, die Studenten Dir zu Füßen, und Du lächelst über die Sorgen, die wir uns einmal gemacht haben.

Sei gegrüßt und bleib gesund! Wenn Ihr könnt, besucht doch meine Mutter noch einmal. Bei all dem Trubel hab ich natürlich wieder mal nicht viel Zeit für den Besuch bei ihr rausschlagen können. Sie hat dennoch ihre Show daraus gemacht: Ich – ein Professor! – sei extra aus den USA eingeflogen, um sie zu besuchen ... Alle mußten anerkennend staunen. Da steckt ein gut Teil Galgenhumor bei ihr mit drin.

Mach's gut, lieber Hanns.

Dein Alex

PS. Meine Mutter habe ich so lala vorgefunden. Die Ärzte sind nett und sagen Freundlich-Belangloses. – Man muß halt hoffen.

Anonymer Brief
an Kriminalhauptkommissar Kämena
Eingangsstempel der Kripo Bramme
vom 17. 7. 1982

HIER SPRICHT WIDER DER GEHEIMNISVOLLE MÖRDER VON BRAMME DA KANN ICH JA NUR LACHEN IHR ALTEN VOLLIDIOTEN WOLLT MICH FINDEN STOP TUT SICH WOHL NICHTS KÄMENA SOLL ICH DIR WOHL AUCH MAL MEINE ZEICHEN DRAUFBRENNEN DAS ES STINKT. DAS TUTS BESTIMMT BEI DIR FURZARSCH DU FINDST MICH NIE. MACHT DOCH MAL «WER BIN ICH – HEITERES MÖRDERRATEN» IN FERNSEHN GUCK ICH ZU LEMKE WIRD JA LANGWEILIG GLAUBT IHR JA NICH WO ICH ARBEITE WÜRDET EUCH WUNDERN.

Hanns-Ulrich Lachmund
an
Ann-Kristin Angeleidt

Bramme, den 10. August 1982

Sehr geehrtes Fräulein Angeleidt,
bitte haben Sie Verständnis dafür, daß ich in der augenblicklichen Situation kein Gespräch unter vier Augen mit Ihnen führen will, kann und darf. Weder möchte ich der Brammer Gerüchteküche etwas zuliefern, was uns nachher beiden schaden könnte, noch meiner Frau Anlaß zu irgendwelchen Spekulationen geben.

Worum es mir in und mit diesem Brief geht: Ich bitte Sie hiermit inständig, Ihre Aufmerksamkeit nicht weiter auf meine Person zu richten! Ich bin nicht der Mensch, den Sie suchen und den Sie brauchen; ich bin weder das Ersatzobjekt für Ihren Vater noch ein geeigneter Liebhaber. Vor allem aber bin ich so sehr eingebunden in meine Familie und meine Arbeit, daß ich nicht einmal ein Mindestmaß an Zeit und Zärtlichkeit für Sie aufzubringen vermag. Sich an mich zu klammern ist hoffnungslos für Sie. Alles, was Sie derzeit unternehmen, erinnert mich an den ebenso rührenden wie tragischen Versuch der Katze eines meiner Freunde, immer und immer wieder mit dem ausgestopften Kater auf seinem Schreibtisch zu spielen (der Freund war Tierpräparator).

«... der Mensch», schreibt Brecht in der «Dreigroschenoper», «hat die furchtbare Fähigkeit, sich gleichsam nach eigenem Belieben gefühllos zu machen» (5, 43). Ich tue es hiermit, und ich habe es in schon viel häßlicherer Form getan, indem ich meinen Freund Alexander Hillermeier auf Sie gehetzt habe. Es tut mir leid, aber ich glaubte eben, Sie damit am besten abschrecken zu können, Sie von mir abzubringen, Ihr Streben nach Liebe und Geborgenheit umzulenken auf einen anderen Menschen. Das Schäbige an mir ist aber, daß ich genau weiß, wie wenig Alexander das richtige Objekt für eine solche Bindung ist: mehr als «flüchtiger Genuß» ist ihm wohl niemals in den Sinn gekommen.

Das ist wieder etwas, das Ihnen doch bewußt-, doch endlich klarmachen müßte, daß ich nicht der bin, für den Sie mich halten. Sie bauen mich da in Ihrer Phantasie als etwas Gottähnliches auf – und ich bin nur ein Mensch mit vielen, vielen Schwächen, der seinen Erfolg vor allem seiner Fähigkeit zu abstrakt-juristischem Denken verdankt. Zudem bin ich in meiner Zeit als Leiter von Strafanstalten in verschiedenen Teilen Deutschlands bzw. als sogenannter «Teilanstaltsleiter» gezwungen gewesen, mir, wollte ich mich nicht selber der psychischen Zerstörung anheimgeben, eine sehr dickwandige Panzerung zuzulegen.

Bitte, liebes Fräulein Angeleidt, zeigen Sie darum die notwendige Einsicht, finden Sie sich damit ab, daß mancherlei im Leben eben unmöglich ist. Sie sind ein hübsches und intelligentes Mädchen, Sie haben das Leben mit seiner ganzen Fülle noch vor sich – es wird Ihnen noch viele beglückende und erfüllte Stunden schenken, die Sie alle nicht hätten auskosten können, wenn ich Sie damals im

April nicht von den Gleisen zurückgerissen hätte. Darf ich da nicht wenigstens ein klein wenig Dank dafür von Ihnen erwarten, Dank in der Form, daß Sie von jetzt an von mir ablassen?

Herzlichen Dank für Ihr Verständnis.
Mit freundlichen Grüßen
Ihr
Hanns-Ulrich Lachmund

PS. Sicherlich könnte es sich für Sie alsbald als erhebliche Belastung erweisen, uns gegenüber im Trappenkamp zu wohnen. Andererseits werden Sie vielleicht – der erheblichen Kosten wegen – vor einem erneuten Umzug zurückschrecken. Um Ihnen diese Entscheidung zu erleichtern, wären wir gerne bereit, Sie bei diesem Vorhaben mit einer hinreichenden Summe zu unterstützen. Ich füge deshalb diesem Schreiben einen undatierten Blankoscheck bei (es ist die Unterschrift meiner Frau) und möchte Sie herzlich bitten, dann ohne jeden Skrupel die zu besagtem Zwecke benötigte Summe einfach einzusetzen und den Scheck zur Bank zu geben.

Ann-Kristin Angeleidt
an
Hanns-Ulrich Lachmund

Bramme, den 20. 8. 82

Sehr geehrter Herr Professor Lachmund!
Ich bin noch sehr durcheinander, weil sich bei mir zur Zeit viele Dinge überstürzen. Ich habe auch eine Entscheidung gefällt, die mein Leben sehr beeinflussen wird.

Dabei habe ich die Ereignisse der letzten Tage und Wochen noch gar nicht ganz verstanden. Plötzlich wurde von allen Seiten auf mich eingeredet und geschrieben, und ich sollte sogar von Ihrer Frau zum Psychiater geschickt werden. Das hat mich sehr getroffen.

Ich habe Ihnen ja schon gesagt, daß Sie sich unauslöschlich in mein Lebensbuch eingeschrieben haben. Das weiß ich jetzt ganz sicher. Ich wollte daher auch in Ihrer Nähe sein. Daher bin ich hier hergezogen. Ich habe nicht verstanden, warum Sie mir dann Ihren Freund Hillermeier geschickt haben, damit wir uns befreunden. Hätte denn das etwas geändert an meiner Beziehung zu Ihnen? Mit Ihnen bin ich doch, wenn ich das so sagen darf, schicksalhaft verbunden, da kann doch niemand anders was dran ändern. Sie sind ein sehr gefühlsfeiner Mensch, und deswegen spüren Sie das doch ganz sicher auch.

Herr Hillermeier hat mir übrigens gut gefallen. Ich fand den Abend sehr nett und hätte ihn auch gern wiedergesehen, bis ich dann gemerkt habe, daß er mich gar nicht von sich aus angesprochen hat, sondern nur in Ihrem Auftrag. Wir haben einen sehr schönen Spaziergang gemacht, wo mir Ihr Freund sehr interessant und vor allem sehr witzig von Amerika erzählt hat.

Warum haben Sie das gemacht, ich wollte doch gar nicht, daß Sie mein Liebhaber sind, wie konnten Sie das nur schreiben! Ist das denn so schlimm, wenn ich Sie möglichst oft sehen und in Ihrer Nähe sein wollte? Das ist mein Dank, um den Sie mich gebeten haben! Kann es denn eine größere Dankbarkeit geben als das Gefühl, mit Dir für immer verbunden zu sein? Ich möchte das auch immer so fühlen, obwohl ich jetzt auch etwas traurig bin, weil alle mir plötzlich Vorwürfe machen.

Neulich habe ich mit meinen Freunden aus der Friedens-AG wieder Kontakt aufgenommen. Die haben vor, nach Ceylon auszuwandern, also Sri Lanka, und dort eine Lebensgemeinschaft mit Handarbeiten und Gemüseanbau, Hühnerzucht und so zu gründen. Zwei von ihnen, Elke und Gerd, die ich sehr mag, sind einmal dort gewesen und haben uns wunderbare Bilder von der Landschaft, den Leuten, den Häusern dort, dem Meer und den Tieren gezeigt. Sie haben gefragt, ob ich nicht mitmachen will. Aber ich habe da abgesagt. Mein Platz ist hier, habe ich ihnen gesagt.

Vorgestern abend habe ich dann im Fernsehen eine Sendung über Sri Lanka gesehen. Dabei haben mir die Landschaft und die Menschen dort plötzlich wieder so gut gefallen, daß ich sehr viel Sehnsucht bekam. Alles war so weit und warm und so freundlich. Ich denke, daß es wie im Paradies sein muß, wenn man dort lebt.

Ich habe also noch mal mit Gerd und Elke gesprochen, die schon beim Kofferpacken waren. Dann haben wir Kassensturz gemacht und festgestellt, daß mein bzw. unser Geld man gerade reichen würde, um bis Athen zu fliegen. Ich habe ja nach dem Abitur nur ab und zu mal einen Job bekommen, und soviel Unterstützung kriege ich von meinem Vater nun auch nicht.

Also hieß es schon wieder einmal bei mir: Aus der Traum!

Zwei Tage später kommt Elke ins Zimmer gestürmt und schwenkt ein Flugticket in der Hand: Bremen–Colombo. Auf meinen Namen ausgestellt. Ich bin ja fast vom Stuhl gefallen. Was hatten sie gemacht? Ihren undatierten Blankoscheck zum Kauf der Flugkarte benutzt. Ohne mein Wissen – das schwöre ich Ihnen!!! Es ist mir sehr, sehr peinlich. Was müssen Sie Schlechtes über mich gedacht haben, als Sie Ihren Kontoauszug bekommen haben!?

Bitte, bitte, verzeihen Sie mir!!!

Es steht also fest, daß ich mit meinen Freunden nach Ceylon Sri Lanka gehen werde. Nun bin ich ganz aufgeregt, weil ich an alles denken muß: Ausweise, Impfen, Zimmer kündigen, Kleidung zusammensuchen und vieles mehr. Der Flugtermin war schon seit längerer Zeit auf Ende dieser Woche festgelegt, und heute ist Mittwoch.

Ich verabschiede mich daher jetzt auf diese Weise, weil Sie ja nicht wollen, daß wir uns noch einmal treffen. In Gedanken stelle ich mir vor, Sie nehmen mich in die Arme und geben mir einen Abschiedskuß. Sie müssen verstehen, daß ich mich so entschieden habe, denn in der Ferne erwartet mich eine neue Geborgenheit, wenn wir im Freundeskreis zusammen leben und unsere Arbeit wieder einen Sinn hat. Hier weiß ich doch noch nichts Richtiges anzufangen, höchstens studieren (aber was?). Es ist also keine Undankbarkeit, wenn ich jetzt fortziehe, bitte glauben Sie mir.

Ich werde Sie in meinem Herzen behalten, damit wir immer verbunden bleiben. Ihr Bild aus der Zeitung habe ich auch dabei. Behalten Sie bitte als Erinnerung dieses Buchenblatt, das ich bei einem Spaziergang in der Nähe des Bahndammes, wo Sie mich gerettet haben, gefunden habe. Ich fand die Maserung so schön.

Auf Wiedersehen,
Ihre Ann-Kristin Angeleidt

PS. Bitte, sagen Sie Ihrer Frau, daß ich ihr nicht mehr böse bin. Auch schöne Grüße an die Kinder. Ich werde ihnen einmal eine schöne Karte aus Sri Lanka schicken. A.

Hanns-Ulrich Lachmund
an
Alexander F. Hillermeier

Bramme, den 22. August 1982

Lieber Alexander,

ich bin unsagbar erleichtert! Beigefügt ein Brief der Klette, mit dem sie es aufgibt, den Menschen Lachmund ‹besetzen› zu wollen.

Ich bin wirklich froh und glücklich, diesem Alptraum nun entronnen zu sein. Zu dem Brief kein Kommentar; er spricht ja für sich selbst, und im Zweifelsfalle wird Dir die psychologische Ausdeutung ohnehin besser gelingen als mir.

Festzuhalten bliebe nur noch, daß ich Dir unendlich dankbar bin für Deine «Schützenhilfe» – und daß wir auch der Klette insofern beide unseren Dank schulden, als ohne sie unsere alte Freundschaft wahrscheinlich nicht wieder aufgelebt wäre. Nun haben wir also eine gemeinsame Erinnerung mehr, und ich hoffe sehr, daß sich pro anno mindestens eine Gelegenheit ergeben wird, bei einem edlen Tropfen über Ann-Kristin Angeleidt zu philosophieren.

Erleichtert ist auch Uta (schöne Grüße von ihr; Ihr habt Euch ja prächtig verstanden, als Du neulich hier warst, und soviel zusammen geflüstert, daß ich fast eifersüchtig geworden bin!). Sie hat gerade für Ture, der sich in der Brammer Schule hier sehr schwertut (Lehrers Kinder, Pfarrers Vieh, dat geiht nie!), das rororo-Pflanzenlexikon gekauft und liest mir vor, was in Band 5 auf S. 1068 f. über die Kletten (Arctium Lappa) geschrieben steht. Unter anderem, daß die Große Klette eine zweijährige Pflanze sei (da hab ich ja noch Glück gehabt!) und im Sommer blühe. «Ihre purpurroten Blütenköpfchen sind mit Schuppen und Haken besetzt» (Uta läßt fragen, ob unsere Klette Schuppen auf dem Köpfchen hatte ...?). Und purpurrot sei es auch nicht gewesen, nicht mal nach ihrem letzten Färbeversuch; da hätte sie es lediglich bis zu kupferfarben gebracht.

Weiter über die Gattung der Klette (Arctium) aus der Unterfamilie der Röhrenblütigen (Tubuli-florae) und der Familie der Glockenblumengewächse (Campanulaceae): «... sind mit Schuppen und Haken besetzt. Mit ihrer Hilfe haken sich die Blütenköpfchen, wenn sie ausgetrocknet sind, an Kleidern von Spaziergängern und dem Fell vorbeistreifender Tiere fest und werden so verbreitet. (...) Sie sind in ganz Europa und anderen Kontinenten verbreitet und seit langer Zeit wegen ihrer blutreinigenden Wirkung bekannt. Die Heilkraft liegt besonders in den Wurzeln, aber auch in den Früchten und Blättern. Auch bei Furunkulose soll sie wirksam sein.»

Quod erat demonstrandum: Du wirst lachen, aber seit ich meine Klette kenne, bin ich tatsächlich das furunkelähnliche Gebilde losgeworden, das mir, da unschön an der Gesäßseite meines Oberschenkels plaziert, manch stundenlange Fachbereichsitzung zur Höllenqual hat werden lassen.

Gleichviel: Ich kann mich nun endlich wieder mit ganzer Kraft meiner Hochschule widmen, was ich sogar muß, sollte man mich – woran nicht mehr zu zweifeln ist – im Herbst zum neuen Präsidenten wählen. Das HÖV-Schiff schlingert immer mehr, seit sich zum alten Dauerkonflikt: hie wissenschaftliche Ansprüche in Lehre und Forschung und die Ausbildung zum Diplom-Verwaltungswirt – dort die simple Praxis mit ihrer Forderung nach klaglos ihr Einerlei hinnehmenden Gesetzesvollziehern, seit sich zu diesem Konflikt ein neuer hinzugesellt: Je stärker man in unserer Gesellschaft Bürokratiekritik betreibt und den Beamten wieder – zu Recht, wie ich meine! – mehr auf die Werte *Pflicht* und *Dienen* verpflichten will, desto stärker wird bei unseren beamteten Studenten die Neigung, nur noch an ihr Privatleben zu denken und Arbeit und Verantwortung wie die Pest zu fliehen.

Nun ist zwar, wie Uta immer betont, Narzißmus gewißlich besser als Nazismus, aber aus einem konsumorientierten Schickie einen pflichtbewußt ackernden Beamten zu machen – ist das nicht der Versuch des Unmöglichen?

Du siehst, lieber Alexander, der Alltag hat mich wieder – Gott sei

Dank! Ich liebe ihn, diesen meinen Alltag hier, denn Glück ist letztendlich nur die Summe des Unglücks, dem wir entgangen sind.

In diesem Sinne – und nochmals tausend Dank! –

Mit herzlichen Grüßen
(auch von Uta und den Kindern)
Dein Hanns-U.

Rechtsanwalt
Dr. Rudolf Grünthaler
an
Professor Lachmund

Oldenburg, den 5. 9. 82

Lieber Kollege Lachmund,

gerade habe ich der Akademischen Verwaltung Ihrer Hochschule in einem nüchtern-förmlichen Schreiben mitgeteilt, daß ich meinen Lehrauftrag in Schuldrecht ab sofort zurückgebe. Begründet habe ich dies mit meiner enormen Arbeitsüberlastung – die wahren Gründe aber sind ganz andere.

Ich habe lange gezögert, ob ich sie nicht mit Hilfe der Medien einer größeren Öffentlichkeit bekanntmachen sollte, zumindest aber im «Brammer Tageblatt» den braven Bürgern Ihrer Stadt, denn schließlich wird die HÖV aus Steuermitteln finanziert. So mein erster Affekt; wenn ich es nun bei diesem Brief an Sie belasse, dann einmal aus der Angst heraus, mir andernfalls nur neue Feinde zu verschaffen und als Nestbeschmutzer dazustehen, zum andern aber auch, um Ihnen als Fachbereichssprecher keine Ungelegenheiten zu bereiten. Gestatten Sie mir aber, Ihnen auf dieser ganz privaten Ebene das mitzuteilen, was mich veranlaßt hat, der HÖV mit Grausen den Rücken zu kehren:

Das Grundübel der HÖV ist, daß man ihre Studenten schon vor Beginn des Studiums und Ablegen der Prüfungen als Beamte (wenn auch nur auf Probe) einstellt, besoldet (rund tausend Mark pro Monat sind ja eine Menge Geld) und auch schon voll als solche behandelt. So können sie vom Tag ihrer Vereidigung an – von einigen Ausnahmen abgesehen – Dienst nach Vorschrift machen, ohne daß ihnen das geringste passiert: Die Durchfallquote an der HÖV ist ja geradezu lächerlich gering!

Das Schlimme dabei ist, daß die Strukturen und die Dozenten dieser «Hochschule» einem dabei voll entgegenkommen: Das Ganze ist keine Hochschule, wo mit wissenschaftlichen Methoden gearbeitet wird, sondern mehr eine Beamtenkadetten- bzw. Ausbildungsvollzugsanstalt! Und das bei Studenten und Studentinnen, die alles im Leben werden wollten – nur nicht Beamte... Mit Null-Bock auf das Beamtendasein erleben sie die Verwaltungswirklichkeit als Horrortrip – wie man es immer wieder hört. Sie studieren an der HÖV, weil sie woanders keinen Studienplatz bekommen haben – also häufig negative Auslese obendrein.

Wie stellt sich das alles für den progressiv-intellektuellen Dozenten dar? Es stellt sich dar als riesige, das heißt, in Millionenhöhe bezuschußte Farce, wo herumgammelnde, pennälerhafte Verwaltungssoldaten unter der Regie ihrer beamteten Professoren der nichtsahnenden Öffentlichkeit die Ausbildung zum hochmotivierten, kompetenten und bürgerorientierten Beamten vorspielen, der sich dann auch noch «Diplom-Verwaltungswirt» (!) nennen darf und dem als wichtigster Lerninhalt beigebracht worden ist, wie man Widersprüche abschmettert und das eigene Besoldungsdienstalter berechnet.

Sie kennen mich, lieber Lachmund, von meiner Arbeit in vielen Bürgerinitiativen her: wenn ich da rede, vermag ich – im wahrsten Sinne des Wortes – Tausende von jungen Menschen in Bewegung zu setzen (und «motivieren» heißt ja: etwas in Bewegung setzen), bei meinen Lehrveranstaltungen in der HÖV ist die Reaktion eine ganz andere und immer dieselbe: die einen stricken und essen, die anderen lesen Zeitung oder raten Kreuzworträtsel. Wenn ich in einzelnen Klassen, die Sie hochtrabend und fälschlicherweise *Arbeits*gemeinschaften nennen, mehr als drei echte Zuhörer und Gesprächspartner habe bzw. hatte, dann war das schon viel. Hauptsache, die jungen Damen und Herren sind anwesend, denn es besteht ja Anwesenheitspflicht, mehr ist nicht nötig. Es sei denn, am Ende des Semesters wird eine Klausur geschrieben, aber da reicht es ja auch, eine Woche vorher mit den Vorbereitungen zu beginnen.

Aber würde ich an Stelle dieser Studenten anders reagieren – verurteilt zu vierzig Jahren Versorgungs- oder Friedhofsamt?

Buchen Sie es also als mein persönliches Versagen, daß ich nicht die Fähigkeit besitze, ungerührt andauernd tauben Ohren zu predigen; bewerten Sie mich als didaktischen Versager. Das wäre ja auch die offizielle Reaktion des HÖV-Präsidenten und der verantwortlichen Politiker gewesen, wenn ich mich mit einer Lagebeschreibung an die Öffentlichkeit gewandt hätte. Das Seiende ist gut, weil es per Definition gut zu sein hat; jeder, der es anders sieht, offenbart nur seine persönlichen Mängel und seine falsche Weltsicht.

Sind Sie mir nun böse, lieber Lachmund? Ich hoffe nein, denn unausgesprochen spiegelt sich ja in meinem Brief auch die Bewunderung wider, die ich den Ausharrenden entgegenbringe, jenen, die berufen sind, das Bestehende zu hegen und zu pflegen, damit das Neue sich an ihm – auf dem Wege zur höheren Synthese – entfalten und entzünden kann.

In diesem Sinne (obwohl ich das wahrhaft Neue im Bereich der deutschen Bürokratie nicht immer so recht zu sehen vermag)

herzlichst
Ihr Rudi Grünthaler

PS. Ich weiß, daß es an den «richtigen» Universitäten nicht so sehr viel anders zugeht – mal abgesehen vom Beamtenstatus, der freilich alles noch verschlimmert ... Ich bin halt nicht dafür gemacht.

R. G.

Auszug aus *Rückgrat*,
dem studentischen Informationsblatt
an der HÖV Bramme 9/82

Wir kämpfen auch in diesem Jahr gegen
- Dozenten, die uns Scheiß erzählen;
- die Fachaufsicht im Innenministerium, die uns noch immer keine freie Kurs- und Dozentenwahl gestatten will, sondern uns willkürlich ein- und zuteilt;
- die verschärften Prüfungsbestimmungen, die uns statt zu lernenden Menschen zu Lernautomaten machen werden und unser sogenanntes Studium immer mehr zur prüfungsbegleitenden Lehrveranstaltung werden lassen;
- die zunehmenden Kontrollen auch der Lehrveranstaltungen, insbesondere der Referate, durch die Ausbildungsbehörden;
- Bestrebungen der ministeriellen Fachaufsicht, nach Kräften die «Radikalschrumpfung» jener nebenamtlichen Dozenten zu fördern, die von den Universitäten und nicht aus der geliebten Praxis kommen.

Wir streben mit voller Hingabe, so wie das Gesetz es uns befiehlt, Tag für Tag danach, gute Beamte im Sinne unserer Oberen zu werden, und verpflichten uns hiermit feierlich auf den folgenden *Verhaltenskodex bei Lehrveranstaltungen:*

(1) Der Student fühlt sich in jeder Sekunde seines Lebens als Schreibtischsoldat – immer bereit zur Verteidigung seiner Paragraphen und Privilegien.

(2) Das Denken überläßt er grundsätzlich seinen Dozenten und sonstigen Vorgesetzten – die haben das größere Einkommen.

(3) Für die Ehre, an den Lehrveranstaltungen teilnehmen zu dürfen, dankt der Student den Dozenten, seinem Ausbildungsleiter und unserem Staate täglich in bewegten Worten.

(4) Die Studenten bemühen sich um eine einheitliche Dienstkleidung und eine nach § 84, Abs. 3, *Bundesverhaltensgesetz*, als locker-gelöst geltende Mimik.

(5) Zur Begrüßung der Dozenten erheben sich die Studenten von ihren Plätzen und rufen mit leuchtenden Augen: «Dank Dir, daß Du gekommen bist!»

(6) Der Student achtet auf jedes Wort seines Dozenten und verteidigt im Sinne McCarthys aktiv die freiheitlich-demokratische Grundordnung, indem er ihn höflich, aber bestimmt an die nach der Devise «FREI ist FREI» erfolgte Grundgesetzänderung vom 1. 1. 1984 erinnert, nach der *Frei*heit von Lehre und Forschung das vom Ministerium *Frei*gegebene meint.

(7) Ihre Hochachtung vor den Dozenten und namentlich ihre Zustimmung zu allem, was diese äußern (mit Ausnahme von Punkt 6 selbstverständlich), bringen die Studenten durch anhaltendes Händeklatschen und im besonderen Regelfalle auch durch entzückte Beifallsäußerungen und Jubelrufe zum Ausdruck.

(8) Fehlendes Verständnis für das Vorgetragene ist stets auf das Unvermögen des Studenten zurückzuführen; er bedauert dieses durch laute Wehrufe und einfache Geißelungen.

(9) Nach Beendigung einer Lehrveranstaltung preisen die Studenten die Dozenten und bitten sie inständig um eine wenigstens fünfminütige Verlängerung, die ihnen nach §472 des *Bundesbeschallungsgesetzes* auch zweimal pro Tag zu gewähren ist.

(10) Am Ende eines jeden Unterrichtstages versichern die Studenten in feierlichem Gelöbnis, daß sie ihre HÖV und deren Präsidenten, ihren obersten Dienstherrn und dieses-unser-Land mit seinem besten aller möglichen Beamtengesetze innig lieben!

Diese selbstbindende Ordnung widmen wir unserem verehrten Hochschullehrer *Prof. Dr. H.-U. Lachmund*, dem designierten Präsidenten unserer HÖV, nachträglich zum 40. Geburtstag!!!

Hanns-Ulrich Lachmund
an
Alexander F. Hillermeier

Bramme, den 14. Sept. 1982

Lieber Alexander,

hinter einem Stapel juristischer Kommentare verborgen sitze ich hier in der Bibliothek der HÖV und blättere in psychoanalytischen wie psychiatrischen Standardwerken, ohne unter dem Stichwort *Verfolgungswahn* Brauchbares zu finden.

Wir haben hier in den ersten Semestern des Grundstudiums unsere Studenten zu klassenverbandsähnlichen Unterrichtsgemeinschaften zusammengefaßt – *und in der neuen AVD 4/82 B* (AVD für Allgemeiner Verwaltungs-Dienst) *sitzt nun die Klette.*

Sitzt sie wirklich dort ...?

Ist das nicht alles ein Hirngespinst von mir, Produkt meiner pathologisch gewordenen Phantasie?

Als ich sie dort gesehen habe, bin ich sofort wieder auf den Flur hinausgestürzt, mit Atemnot, und ins Sekretariat hinuntergeeilt, um die Dame dort zu bitten, meine Lehrveranstaltung auf 12 Uhr zu verlegen. Es war wie ein Angina-pectoris-Anfall, und ich hatte wenig Mühe, ihr mein Unwohlsein begreiflich zu machen.

Nun sitze ich hier unten und bin mir gar nicht mehr so sicher, daß das Mädchen dort oben im Hörsaal 1501 wirklich meine Klette ist. Vielleicht nur eine Ähnlichkeit? Was mir aber noch mehr Angst einjagt als die Tatsache ihres Dortseins ist der Gedanke, daß ich mir vielleicht doch ganz intensiv gewünscht haben könnte, sie dort zu sehen ...

Ist meine Angst vor ihr nur meine Angst vor mir?

Warum fürchtet ein gestandener Mann die Nähe eines hilflosschwachen Mädchens?

Die Kollegen werden anfangen zu spotten, die Studenten, die «allgemeinen Dienstkräfte». Sie werden mir ein Verhältnis andichten mit ihr, sie werden mir nachsagen, sie sei nur durch meine Protektion in den Genuß dieses Studienplatzes hier gekommen, sie werden jeden kleinen Fehler, den ich begehe, und jeden Versprecher auf mein ausschweifendes Nachtleben zurückführen. Ich werde mich dagegen wehren – und werde bald die Stufe der Lächerlichkeit eines Professor Unrat erreichen.

Verspottet und der Lächerlichkeit preisgegeben – mein Leben wird vergiftet werden; ich bin nicht der Mensch, das zu ertragen.

Aber ist sie es wirklich?

Ich brauchte nur ins Sekretariat zu gehen und in der Liste der neuen Studenten nach Ann-Kristin Angeleidt zu suchen – aber unter welchem Vorwand soll ich die Herausgabe der Liste verlangen? Wäre mein Gestammel, fragte man mich, immer irgendwie mißtrauisch, nach dem Grund meiner Neugier, wäre mein Herumgedruckse nicht der Beginn dieses elenden Spiels?

Noch zehn Minuten bis zum neuen Termin. Sollte ich diese Stunde in der AVD 4/82 B nicht vollends absagen? Zeit gewinnen ...? Nein, denn käme der wahre Grund meines Flüchtens jemals heraus, die Leute würden mich ohne großes Zögern als geisteskrank abstempeln.

Aber bin ich es nicht tatsächlich?

Verfolgungswahn – als Stichwort nirgendwo zu finden; offenbar nur Umgangssprache und kein Fachterminus. Ich sehe nach unter Phobie ... Bei Walter Bräutigam («Reaktionen, Neurosen, Psychopathien») finde ich etwas über eine phobische Angstneurose, die ein häufiges Begleitsymptom und Konfliktsignal bei vielen Neurosen sein soll. Was ich dort auf den Seiten 97 ff. lese, klingt wenig aufheiternd.

«Die unbewußten Phantasien, die mit einem Raum, einem Gegenstand oder einer Person verknüpft sind, sowie ihre Ablehnung durch einen anderen, zensierenden Teil der Persönlichkeit (der auch ihre Bewußtwerdung verhindert) bilden den neurotischen Konflikt der Phobie ... Jedenfalls breitet sich die phobische Angst in vielen Fällen aus und wird zu einem das Leben beherrschenden Thema. Das Vermeiden der angstbesetzten Objekte nimmt immer mehr Kräfte in Anspruch ... Phobiker scheinen irgendwie von den angstbesetzten Situationen und Gegenständen angezogen zu werden ...»

Das ist so erschreckend für mich, daß mir wieder einmal der Atem wegbleibt. Der Arzt muß mir sofort Beta-Blocker verschreiben.

Ringsum in meinem Bekanntenkreis nur Trennung und Scheidung; fast muß ich mich verteidigen, daß ich noch immer mit ein und derselben Frau verheiratet bin.

Ist das der Kern?

Ist die Klette da, weil ich sie mir herbeigewünscht habe? Ist die Ehe mit Uta so leer und langweilig geworden, sind die Kinder so nervend und einen auffressend, daß die Kletten-Sehnsucht als Reaktion überaus erklärlich ist?

Als Phantasiegebilde vielleicht mag und muß die Klette existieren, um den Alltag mit seinen Zwängen und seinem dauernden Verzicht auf Vieles lebbar zu machen, zu versüßen – wird sie aber Realität, bekommt sie schnell die Bedrohlichkeit eines Krebsgeschwürs.

Ja, lieber Alexander, ich schreibe und schreibe, um den Augenblick hinauszuzögern, wo ich wieder den Hörsaal 1501 betreten muß.

Wird sie da sein oder nicht?

Fiebere ich einem Rendezvous entgegen oder sind meine zitternden Finger und mein Schweißausbruch Folgen meiner Angst, in der Nähe eines Sprengkörpers zu sein, der mich zerreißen kann?

Ich reiße mich jetzt zusammen und gehe hinauf. Nachher schreibe ich Dir noch kurz, ob sie es nun wirklich war oder nicht. Auf alle Fälle aber ergeht meine herzliche Bitte an Dich, mich – sofern es über Tausende von Kilometern hinweg überhaupt zu bewerkstelligen ist – im Sinne Deiner Profession fachkundig zu beraten und mir in meiner Not zu helfen.

Mein Gott, es hatte ja alles schon so gut ausgesehen!

Bin ich wirklich total übergeschnappt und hysterisch geworden?

Was ist bloß mit mir los?!

Herzlichst
Dein Hanns-U.

PS. Ja, sie ist es. Sie hat den Eignungstest mit Glanz bestanden.

Sie ist ganz Ohr und lauscht meinen Worten so hingebungsvoll, wie es sich seit Sokrates alle Lehrenden von ihren «Jüngern» erwarten.

Und zu Hause Uta, die sich die Ohren zuhält, wenn ich

dieselben Tatbestände mit denselben Worten schildere, die es satt hat, wie sie sagt, sich dauernd anlabern zu lassen, zumal ich immer stärker eine gewisse déformation professionelle erkennen ließe, nämlich die unangenehme Angewohnheit, alles mindestens zweimal zu wiederholen, und dies mit sich ständig steigernder Lautstärke.

Diese Ann-Kristin bedroht mich, wie die Atomwaffen die Menschheit bedrohen. Sie macht all das kaputt, was ich mir in vielen Jahren mühsam aufgebaut habe. Bald wird es losgehen mit dem Rufmord an mir, bald werde ich mich in der Professor-Unrat-Rolle wiederfinden.

Auch Rufmord ist aber eine Form des Mordes – und so habe ich wohl auch ein Recht auf Notwehr.

Aus diesen Notwehrgedanken heraus sind die beigefügten *Überlegungen* entstanden; auf ihnen beruht meine Strategie, die Klette endgültig abzuschütteln, sie loszuwerden, ein für allemal ... ist das noch Denkspiel, ist es schon Plan? Ich weiß es nicht. Was hältst Du davon?

Dein H.-U.

Dies alles ist meiner so unwürdig ... Was soll ich bloß tun??

Anlage:

Überlegungen zum Abschütteln der Klette

1. *Das Ziel:* Die Klette muß von sich aus den Rückzug antreten und so schnell wie möglich aus Bramme verschwinden. Dazu ist es unabdingbar, daß sie die persönliche Situation hier in meiner Nähe in einem ausreichend hohen Maße als bedrohlich empfindet. Die Kosten-Nutzen-Analyse ihres Verhaltens muß derart negativ für sie werden, daß ihr die «Trennung» von mir schließlich als erlösend erscheint.
2. *Die Mittel zur Erreichung dieses Zieles:* Ich muß zuweilen, so schmerzlich mir das scheinen mag, bis hart an die Grenzen dessen

gehen, was im StGB kodifiziert ist, sie womöglich auch mal überschreiten, wo dies gefahrlos möglich ist. Die Klette gefährdet mein Leben und das Glück meiner Familie. Es gibt kein Gesetz, das ihr verbietet, mich als Partner zu begehren. Es gibt aber den § 823 BGB, der mir den Schutz meines sozialen Ansehens sichert (welches als Fundament meines Lebens zu werten ist, als Garant der Zukunft meiner Kinder). Dies ist ein für mich unendlich wichtiges Rechtsgut. Verletzt es die Klette, so bin ich nach §§ 227 BGB und 32 II StGB zur Notwehr berechtigt, und meine Handlungen sind nicht rechtswidrig – nach dem Naturrecht sind sie es schon lange nicht. Und begehe ich Notwehrüberschreitung? Nein, zumal man mir «Verwirrung, Furcht oder Schrekken» bei all meinen Handlungen zubilligen muß und wird – die klassischen Entschuldigungsgründe nach § 33 StGB. Ist es Putativnotwehr? Nein, ihr besagter Angriff auf mein soziales Ansehen und das Glück meiner Familie ist nicht nur angenommen, sondern in der Wirklichkeit bestehend.

Also kann und werde ich demnächst folgendes zu unternehmen versuchen:

2.1 *Psychologischer Druck und «verbale Maßnahmen»*

- Wiederholte Anrufe von Uta und mir – auch nachts – mit der Aufforderung, von ihrem Vorhaben abzulassen, sonst ... (Das Weitere soll dabei offenbleiben, da ihre Phantasie ja durchaus entwickelter sein dürfte als die unsrige).
- Verbot für die Kinder, mit ihr zu spielen.
- Ausstreuen von Gerüchten, sie hätte früher einen unsoliden Lebenswandel geführt (Drogenabhängigkeit und Prostitution) und sei Nymphomanin (dies erscheint mir als besonders wichtig, weil ich damit bei späteren «üblen Nachreden» exkulpiert wäre).
- Lächerlichmachen in der HÖV; Versuch, ihre Arbeitsgemeinschaft gegen sie aufzubringen.
- Drohungen mittels anonymer Briefe, sie würde das nächste Opfer des in Bramme sein Unwesen treibenden Sexualverbrechers sein.

2.2 *Direkte Aktionen durch mich selber*

- Versuch, in ihre Mansardenwohnung hier gegenüber im

Trappenkamp einzudringen, um dort elektrische Leitungen abzuklemmen, das Telefon stillzulegen, per versteckter Zeituhr bestimmte Geräte (den Kassettenrecorder z. B., so sie einen hat) gegen drei Uhr morgens einzuschalten, Schlüssel verschwinden zu lassen und an geeigneter Stelle mögliche Mordinstrumente niederzulegen (Messer, Schraubenschlüssel etc.).

Folgender Plan erscheint mir dabei am aussichtsreichsten: Wir bitten Frau Kühnemann, ihre Wirtin, als Babysitterin zu uns zu kommen. Ein wenig haben wir uns schon angefreundet mit ihr. Tut sie es, so werde ich mich ihr als perfekter Handwerker empfehlen, der gerne auch bei ihr Kaputtes reparieren würde (sie ist seit kurzem Witwe, etwa 65 Jahre alt).

- Ich werde so tun, als hätte ich vor, sie – die Klette, nicht die Kühnemann – mit dem Wagen zu überfahren. Bremsen erst im letzten Augenblick ... Ob sie dann endlich begreifen wird!?
- Man könnte in ihrer Wohnung harmlose Medikamente gegen schwere Schlafmittel vertauschen. Sie muß *Todes*angst verspüren.

2.3 *Direkte Aktionen durch andere*

- Bezahlung einer geeigneten Person für einen scheinbaren Überfall auf sie. Aus meiner Zeit im Strafvollzug sind mir noch genügend Leute bekannt, die das ganz cool und professionell und ohne Gefahr für mich tun könnten. Der eine oder andere wäre sicher auch bereit, noch weiterzugehen ... (Mein Gott, was male ich mir da aus!?)

2.4 *Maßnahmen zur Verschlechterung ihrer Lebenssituation*

- Wir müssen im weiteren Verlauf Frau Kühnemann dazu bringen, der Klette die Mansardenwohnung wieder zu kündigen. Vielleicht finde ich jemanden, der eine wesentlich höhere Miete zu zahlen bereit ist. Besser noch: Ich spreche mit S., dem Leiter des hiesigen Bauaufsichtsamtes, einem alten Studienkollegen von mir; irgendein Grund wird sich schon finden lassen, die Mansarde für unbewohnbar zu erklären.
- Wir müssen eine Möglichkeit finden, die Klette wieder von der HÖV zu entfernen.

Alexander F. Hillermeier
an
Hanns-Ulrich Lachmuhd

Los Angeles
21-9-82

Lieber Hanns,

Dein Brief ist mir in die Knochen gefahren, weiß Gott.

Deine wissenschaftlich geordneten Ausführungen über mögliche Gegenmaßnahmen kommen mir so unwirklich vor, daß ich zögere, in ihnen mehr zu sehen als ein reinigendes Gewitter. Ist es so, daß Du Dich einfach einmal in der Phantasie aggressiv gebärden wolltest, um anschließend nüchtern das Notwendige und der Situation Angemessene tun zu können? Würdest Du mir sonst diese Auflistung geplanter Bosheiten überhaupt schicken, wenn Du sie selbst ernst nehmen würdest? (Wüßte ich nicht Bescheid über Dein – ich sag's absichtlich unwissenschaftlich – derzeit angeknackstes Seelenkostüm, hätte ich hier wahrscheinlich geschrieben, dies sei doch alles Schwachsinn. Aber ganz so einfach ist das alles nun wieder auch nicht ...)

Was Deine Angst betrifft, Du könntest unter einem echten Verfolgungswahn leiden, so kann ich Dich beruhigen. Die Phobie ist übrigens noch mal etwas anderes, auch wenn die Formulierungen bei Bräutigam zeigen, daß im psychischen Bereich alle Phänomene irgendwie ineinander übergehen. Ich habe hier eine Kollegin kennengelernt, die vor ca. 10 Jahren aus Deutschland hierhergekommen und hier hängengeblieben ist. Sie hat eine Menge deutschsprachiger Bücher in ihrem Arbeitszimmer stehen – zwischen Blumen und indianischen Skulpturen – und dabei war auch der von Dir zitierte Bräutigam: Hättest Du zwei Kapitel weitergeblättert, dann wärst Du auf die «sensitiv-paranoiden Entwicklungen» gestoßen und damit schon eher bei dem Thema gelandet, das Dich interessiert.

Laß mich den Zusammenhang kurz erläutern, da Du ja danach fragst: Ein echter Wahn ist eine Denkstörung, eine inhaltliche Denkstörung, die ohne konkreten äußeren Anlaß ent- und besteht, die man als gesunder Mensch nicht nachvollziehen kann («Uneinfühlbarkeit») und die auch unkorrigierbar ist, sich jedenfalls allen gutgemeinten Vernunftargumenten verschließt. Wie kommt es zu solchen Wahnbildungen? Der Prozeß kann ungefähr so aussehen: Der Patient spürt in sich einen Trieb, einen Affekt, ein Gefühl, das ihm sehr zu schaffen macht, das er sich aber nicht eingestehen kann. Z. B. ein aggressives Gefühl gegenüber seinem kränkelnden Vater, der ihm durch seinen Pflegewunsch und seine hypochondrischen Ängste die Entwicklung einer beruflichen Karriere verbaut. Er würde ihn manchmal am liebsten umbringen, aber diesen höchst unmoralischen Affekt darf er sich nicht einmal als flüchtigen Gedanken zugestehen; sein Über-Ich verbietet ihm das, er hat ein schlechtes Gewissen, ohne dessen Grund ganz genau kennen zu können, da die Aggression ihm ja nicht wirklich bewußt ist. Mit dieser spannungsreichen und ungeklärten Situation kann der Patient nicht lange leben, seine innere Dynamik drängt auf Klärung, die ihm aber auf bewußtem Wege versagt bleibt. Jetzt beginnt der Vorgang der *Projektion*. Ganz wie beim Vorführen der Urlaubsdias die Wand plötzlich Eigenschaften (Farben und Formen) zu besitzen scheint, die in Wirklichkeit im Projektorinneren zu finden sind, so projiziert jetzt unser Patient seine unbewußten Gefühle nach außen, auf einen anderen Menschen z. B., und glaubt nun, an ihm die Gefühlsregungen wahrzunehmen, die tatsächlich in seinem eigenen Inneren toben. Soweit passiert uns dies immer wieder im Alltag: Du bist auf einen Kollegen sauer und fragst ihn – der vielleicht ganz ahnungslos ist –, warum der Dich so böse anschaut. Setzt aber nun die sogenannte *Wahnarbeit* ein, dann kann sich der nach außen projizierte Affekt allmählich so verändern, daß seine Herkunft kaum noch auszumachen ist. Er scheint sich zu verselbständigen, wird verfremdet, bis zur Unkenntlichkeit verzerrt (ganz wie bei der Traumarbeit!). Damit ist der Patient sicher: Keiner wird ihm mehr Aggressionen gegen seinen Vater vorwerfen können, wenn auf dem Wege der Wahnarbeit daraus die Zwangsvorstellung geworden ist, er müsse unbedingt große Bäume mit ihren Wurzeln ausreißen. Oder wenn gar ein Verfolgungswahn entstanden ist, bei dem die nach außen gekehrte Aggression sich wieder zurückgewendet hat und nun den Patienten selbst, gleichsam als wohlverdiente Strafe, bedroht. Der Preis für diesen phantasievollen und auf seine

Art recht intelligenten Mechanismus ist aber die «Verrücktheit», das Auseinanderrücken von subjektiver und objektiver Wirklichkeit, also die Unfähigkeit, Erlebtes auf seine Wirklichkeitstreue hin zu überprüfen. Der Wahn ist jetzt wirklich uneinfühlbar, und natürlich wird der Patient den Weg der Wahnarbeit nicht mehr freiwillig und allein zurückgehen können. Das ist die Aufgabe der Therapie, wo ihn der Therapeut auf diesem Weg begleitet und ihn stützt, wenn die Angst allmählich wieder frei wird, ihn antreibt, wenn die Kraft erlahmt, und ihn mahnt, wenn der bequeme Ausweg des Selbstbetrugs sich immer wieder auftut.

Siehst Du jetzt, Hanns, daß Du sicher keinen Wahn hast, daß Du nicht krank bist? Deine Unruhe ist doch nur zu verständlich: Im Gegensatz zum Wahn hat sie einen konkreten äußeren Anlaß, nämlich diese Ann-Kristin; im Gegensatz zum Wahn ist sie sehr wohl nachvollziehbar, zumal wenn man – wie ich an jenem denkwürdigen Abend in Bramme – die starre Entschlossenheit erlebt hat, mit der die Klette an Dir haftet; und im Gegensatz zum Wahn dürfte Dein Problem sehr wohl lösbar sein, davon bin ich überzeugt.

Dies zum Wahn. Ich finde freilich einen anderen Gedanken, den Du in Deinem Brief andeutest, wichtig genug, um ihn weiter auszuspinnen: Sollte nicht doch in Deinem tiefsten Fühlen eine Glocke angeschlagen worden sein, deren Klang Dich ebenso reizt wie ängstigt? Kann es nicht sein, daß Dein solides und grundanständiges Leben nur durch die Unterdrückung einiger Regungen ermöglicht wird, die darauf lauern, einmal losgelassen zu werden? Haben wir nicht alle ein Mützchen voll den Wunsch nach Chaos, nach Opposition, nach unkontrollierter Triebbefriedigung? Versuch ruhig weiter der Frage nachzugehen, was Dich vielleicht auch reizt an der Klettensituation, ob nicht auch manche Eitelkeit genährt, manches an Ketten gelegte Verlangen angeheizt, manch kindliche Neugier und Probierlust in Dir geweckt wird ... Alles Töne, die Dich ängstigen, wenn Du sie hörst, weil sie mit den Normen eines gesitteten Verhaltens eines Jura-Professors im besten Alter so gar nicht vereinbar sind.

Du solltest aber dann vor diesen Impulsen ruhig die Angst verlieren: Sie sind doch so normal wie der Wunsch, vom Balkon im vierten Stock zu spucken, wenn unten Leute vorbeigehen. Wir tun das nur nicht als Erwachsene. Das Motto: «Stör diese unfeine Gesellschaft der Triebe und verbotenen Wünsche nicht, sonst mußt Du Dich ihr stellen» ist gut, solange keine Gefahr droht, solange von außen keine Lockangebote kommen. Aber wenn – um im Bilde zu bleiben – die unfeinen Leute in unserem Unbewußten schon einmal aufgeweckt werden, dann ist es doch besser, ihnen ins Auge zu sehen, ihre Existenz zu akzeptieren, aber auf die Ausführung ihrer Wünsche hochoffiziell zu verzichten: «Ich erkläre hiermit, daß ich meinem Wunsch nach Abwechslung nicht nachgeben werde, auch wenn ich ihn verstehe; daß ich meine aufmerksam gewordene Eitelkeit nicht durch irgendeine kleine oder größere Beziehung zur Klette befriedigen werde, obwohl das durchaus reizvoll sein könnte; daß ich beherrschen möchte, was in mir nach Aufbegehren und Chaos strebt, auch wenn das etwas mit Freiheit zu tun haben mag.» Das allein wird die äußere Gefahr nicht bannen, die von der Klette für Dich ausgeht, es kann aber verhindern, daß Dir Dein eigenes Unbewußtes in den Rücken fällt.

Ich werde noch einmal mit meiner Kollegin über Ann-Kristin sprechen; vielleicht hat sie auch eine Idee. – Kannst Du nicht einfach zum Rektor gehen und ihn auffordern, eine gewisse Studentin rauszuschmeißen, da sie Dich nicht in Ruhe läßt? Oder gibt es da nicht auch Versetzungsmöglichkeiten an eine andere Hochschule oder wenigstens in eine andere Arbeitsgruppe, in der Du nicht unterrichtest? Oder kannst Du nicht ihrem Arzt sagen, er solle ihr dringend alpines Dauerklima verschreiben? Herrgott, irgendwas muß doch möglich sein!

Ich wünsche Dir das jedenfalls von Herzen. Im übrigen noch einmal: Du bist keineswegs geisteskrank, hast keinen Verfolgungswahn, sondern einfach Angst – begründet, verständlich und heilbar!

In Freundschaft
Dein Alex

Hanns-Ulrich Lachmund
an
Alexander Hillermeier

Bramme, den 10. Oktober 1982

Lieber Alexander,

die Katastrophe ist da: Der Klette ist es doch tatsächlich gelungen, sich bei uns zu Hause einzunisten. Komme ich gestern abend mit Uta aus dem Theater zurück, sitzt sie da bei uns auf dem Sofa, blättert im «Stern» und begrüßt uns mit freudigem Hallo ... Und wir, was tun wir? Anstatt sie auf der Stelle rauszuwerfen, bedanken wir uns noch bei ihr, wehrlos gemacht durch ihre Liebenswürdigkeit wie durch unsere totale Unfähigkeit, auf bürgerliches Verhalten unbürgerlich zu reagieren.

Was war geschehen?

Du erinnerst Dich, daß ich den Plan gefaßt hatte, Ann-Kristins Wirtin, die «Witwe Kühnemann», wie wir sie nennen, zur Vertreibung der Klette zu instrumentalisieren. Eine Ansatzmöglichkeit dazu ergab sich bald: Als ich nämlich eines Abends von der HÖV nach Hause komme, will die Witwe Kühnemann noch schnell mit dem Rad zu ihrem Bibelkreis bei Pfarrer Dr. Achtermeyer fahren, doch ihr Rücklicht ist entzwei. Daß ich ihr mit der Birne aus Tures Rad ausgeholfen habe, wird sie mir nie vergessen. Während der Reparatur reden wir kurz über die Kinder, und ich klage, daß man deretwegen abends kaum noch wegkomme – worauf sie sich spontan als Babysitter anbietet.

Sie kommt also zu uns, wir gehen ins Brammer Stadttheater, ihr wird plötzlich schlecht – und sie eilt nach Hause zurück, um ihre Herztropfen einzunehmen. Danach wird sie so müde und schläfrig, daß sie es nicht mehr schafft, zu uns zurückzukommen, und pflichtbewußt, wie sie ist, sorgt sie für Ersatz: eben ihre Untermieterin Ann-Kristin Angeleidt ... Was lag denn auch näher für sie?

Es war sogar gut, daß die Klette sofort hinübergestürzt ist, denn Ture hatte das Fehlen eines Aufpassers sofort genutzt und zu kokeln angefangen.

Da saß sie nun: Ann-Kristin, die Siegerin. Das Weiche schlägt das Harte, sollen die Japaner immer sagen.

Ich zerreiße gerade das Kalenderblatt von heute, denn unerträglich dichtet dort Matthias Claudius: Die Liebe hemmet nichts; sie kennt nicht Tür noch Riegel, und dringt durch alles sich ... Was soll ich nur machen? Stachele ich sie durch meine Ablehnung nicht eher noch an? Vielleicht wäre es die klügste Strategie, wirklich einmal ein paar Tage mit ihr zusammenzusein, damit sie meine Schwächen kennenlernt, das Menschlich-Allzumenschliche an mir.

Aber wenn ich ihr dann *verfalle*, um es einmal altfränkisch, aber überaus passend zu sagen – was dann? Meine Ehe wäre kaputt, das Schicksal der Kinder gefährdet ... Ach was, auch wenn ich folgenlos wieder von ihr loskäme: Uta würde Amok laufen, erführe sie davon. Und nicht genug: In der HÖV gilt es als schwerer Normenverstoß, mit einer unserer Studentinnen intim zu werden.

Da hast Du also mein Dilemma: Der einzig vielleicht erfolgversprechende Weg ist ungangbar für mich. So verlockend er auch sein mag (Du weißt ja, Ann-Kristin ist attraktiv genug, auch bei einem Mann wie mir mehr auszulösen, als nur den ästhetischen Genuß ihres Anblicks!), ginge ich ihn, vertauschte ich nur ein Übel mit dem anderen: Ich wäre auf Jahre hinaus erpreßbar (zumindest von ihr, aber höchstwahrscheinlich auch von anderen, denn hier in Bramme ist es unheimlich schwer, so etwas geheimzuhalten).

Also: Was lernen wir daraus?

a) Daß die Klette – meine letzten Zeilen beweisen es wohl zur Genüge – auch vom erotischen Standpunkt aus eine Gefahr für mich und die Meinen darstellt und daß sie *um jeden Preis verschwinden muß* und
b) daß es keine andere Strategie geben kann als die der Abschreckung.

So leid es mir um das Mädchen auch immer tun mag, ich werde meinen Plan Stufe um Stufe verwirklichen müssen.

Ich will ihr nicht weh tun, denn jede meiner Aktionen schmerzt mich ebenso wie sie, aber wenn es mir mißlingen sollte, sie von mir zu heilen, dann gehen wir beide zugrunde. Es helfen also nur noch kräftige Schnitte. Auch ein Chirurg darf ja kein schlechtes Gewissen haben, wenn er krankes Gewebe aus dem Körper schneidet, um das Leben des Patienten zu erhalten. Ich weiß aus ihrem Tagebuch, das ich in ihrem Schreibtisch gefunden habe (die Reinigung von

Frau Kühnemanns Dachrinne war nur von Ann-Kristins Mansardenfenster aus möglich!), sehr viel, so auch, daß es eine Art Sucht bei ihr ist, der feste Glaube, ohne mich nicht existieren zu können, und daß sie mit aller Kraft und allen Mitteln versuchen wird, mich aus meiner Familie herauszulösen, um dann mit mir – und eigenen Kindern – zusammen zu leben.

Du rettest einen vor dem Ertrinken und willst ihn an Land bringen. Unterwegs merkst Du aber, daß er Dir beim Schwimmen die Luft abdrückt und daß deine Kräfte nachlassen. Was nun? Entweder Du schüttelst ihn ab – oder ihr geht beide unter ... Aber ich darf nicht untergehen, weil ich die Verantwortung für vier andere Menschen trage – vier zu eins! Da kann es doch nur eine Entscheidung geben.

Ich danke Dir jedenfalls, daß Du mich soweit verstehst und mich in Deinem letzten Brief dahingehend beruhigt hast, daß meine Symptome (noch?) nicht krankhafter Art sind. Mir kommt es auch eher so vor, als ob ich aus einem gesunden Überlebenstrieb heraus handele. Soweit, lieber Alexander, ganz, ganz herzlichen Dank!

Deine praktischen Ratschläge im Hinblick auf die Kletten-Abschüttelung sind dann allerdings weniger hilfreich; da bin ich wohl völlig auf mich selbst gestellt. Was soll ich etwa tun in einem Falle wie diesem: Meine Lehrveranstaltung ist zu Ende, ich sammle meine Gesetzestexte und -kommentare wie die Reststücke der ausgeteilten Fälle wieder ein und sorge für ein wenig Ordnung vorn auf dem Podium, während die Studenten lärmend den Hörsaal verlassen. Ann-Kristin mit ihnen. Nur, was sehe ich Sekunden später, allein zurückgeblieben: Sie hat auf ihrem Tisch nicht nur ihren Ringordner, sondern auch ihre Handtasche und ihre Lederjacke «vergessen».

Gehe ich auch, wird das alles mit hoher Wahrscheinlichkeit gestohlen (auch bei uns in Bramme gibt es inzwischen genügend Drogenabhängige, die auf diese Weise zum dringend benötigten Geld kommen wollen und andauernd das FHS-Gebäude unsicher machen. Also muß ich bleiben, bis sie zurückkommt ... Andere bemerken das natürlich, registrieren, wie zärtlich sie mich anblickt und wie sehr sie (ich habe das selber schon so aus Studentenmunde vernommen) doch «auf mich abgefahren» ist. Man beginnt allenthalben über uns zu tuscheln. Ich muß also handeln, und zwar schnell, denn Hirsch-Lampert hat mich in einem kurzen Fahrstuhlgespräch schon ganz deutlich gewarnt.

Jetzt erst, lieber Alexander, begreife ich, was ich in meiner Zeit als leitender Beamter im Strafvollzug nie so recht begreifen konnte: wie aus Menschen Mörder werden können ...

Manchmal bete ich wirklich, daß ich die Kraft finden möge, von bestimmten Gedanken loszukommen.

Fest auf Deine Hilfe rechnend,
herzlichst
Dein Hanns-U.

Uta Lachmund
an
Alexander F. Hillermeier

Bramme, den 12. Oktober 1982

Lieber Hillermeier,

leider war ja Ihr Besuch bei uns in Bramme nur von Blitzlichtlänge, wie mir im nachhinein scheint, ein Blitzbesuch eben. Dabei hätten wir Tage gebraucht, über all das zu reden, was zu bereden gewesen wäre!

Dennoch war es ein denkwürdiger Nachmittag (trotz der dauernd störenden Kinder), und ich will die kurze Mittagspause, die mir bleibt, schnell nutzen, die nach dem Abendessen abrupt beendete Diskussion (Ihr Aufbruch nach Bad Zwischenahn!) brieflich fortzusetzen. Stören könnte mich nur Ole, der wieder mal eine Art Brechdurchfall bekommen hat (die ganze Gegend ist voll übler Gerüche); Ture macht seine Schularbeiten (sicher wieder so mit Fehlern angefüllt, daß sein Vater am liebsten vor Scham in den Boden versinken würde) – und Svenja spielt draußen auf dem Trappenkamp mit ihrem Fahrrad Intercity-Zug. Höchstwahrscheinlich wieder mit einem Bahnhofsvorsteher, der Ann-Kristin Angeleidt heißt ... Womit wir ja dann beim Thema wären.

Wie ist es nur möglich, daß erwachsene Menschen wie wir wie

aus heiterem Himmel dem zerstörerischen Wirken eines jungen Mädchens ausgesetzt sein können, das sein entsetzliches Spiel wohl noch nicht einmal aus Bösartigkeit treibt? Mir ist noch immer so, als wäre ich in zwei Theatern gleichzeitig: auf der einen Bühne geben sie ein Drama, ja, ein Trauerspiel, und auf der anderen, parallel dazu, und in vielfältiger Weise mit diesem verzahnt, eine Komödie; eine Komödie aber, die in Richtung Farce bzw. Groteske tendiert. Manchmal sehe ich mich auch, wie in alten Zeiten, in der Philharmonie in Berlin sitzen, und gleichzeitig mit Karajan, der die Neunte dirigiert, sind einige Akteure der Neuen Deutschen Welle am Werken und singen ihr Da-da-da oder «Ich bin euer Herbergsvater ...» Es ist wie ein Vexierbild, und ich weiß wirklich nicht, wie ich das alles einschätzen soll.

Wir haben ja auch schon Oktober, und mit dem Herbst beginnen ganz offenbar auch wieder meine jahreszeitgemäßen Depressionen. Jedenfalls bringt das «Brammer Tageblatt» schon wieder die tieftraurigen Herbstgedichte des skandalumwitterten Lyrikers R. C. Truper, und die gehen mir wirklich ganz schön unter die Haut. Zum Beispiel (ich muß Ihnen das kurz abschreiben – reiße ich das Gedicht schnell raus, ist Hanns-U. wieder schrecklich mißgestimmt):

Unsere Welt,
so sagt man,
sei voll durchbürokratisiert,
wir alle seien von unseren Beamten gefesselt,
und alles sei so furchtbar berechenbar.
Doch
... der Marienkäfer,
der eben noch so glücklich über die Steine krabbelte,
ist im Bruchteil einer Sekunde zerquetscht,
wenn dein Fuß ihn trifft.
... die Buche,
deren silbernes Geäst vor deinem Fenster steht,
ist innen hohl
und wird in der nächsten Sekunde
von einer Böe niedergemäht.

... die Glühlampe,
die eben noch so vielewatthell deinen Schreibtisch beleuchtet,
zerplatzt für immer,
schlägst du mit dem Griff deiner Schere dagegen.
doch
... dein Herz,
das dich eben noch das Höchste sein läßt,
was wir im Kosmos kennen,
hört auf zu schlagen,
wenn heut die Kugel trifft,
die viele für dich gießen.
In der nächsten Sekunde.
Sie haben dich schon im Visier.

Soweit Truper; ungeheuer aufbauend, nicht? Wie das daherkommt, strotzend vor Lebensfreude ... Sonst läßt mich so was ziemlich kalt, aber wenn's einen in der richtigen Stimmung trifft – zum Kotzen! Der reine «Depressionismus», wenn's den Begriff schon gäbe. Und ich habe genug zu tun mit meinen eigenen Depressionen.

Schuld daran ist zweifellos die Klette. Es ist unfaßbar, aber es ist dennoch so: Selber so unglaublich zerbrechlich, erscheint sie Hanns wie mir als etwas, das uns, die wir so felsenfest erscheinen, zerbrechen könnte. Sie ist irgendwie eine unglaubliche Bedrohung für uns, unfaßbar, unbegreiflich. Wir sind nicht programmiert auf sie, ebenso wie wir vom Gefühl wie vom Verstand her die radioaktive Strahlung wegen ihrer Ungewißheit eigentlich viel weniger fürchten als den Revolver, den jemand auf uns richtet.

Das ist es eben: Wir wissen keine Antwort auf die Klette, auf diese besondere Art einer Bedrohung – und darum ja auch diese vielen Briefe von Hanns an Dich, in der Hoffnung, Du würdest eine wissen (sie zu kennen, ist ja gerade Dein Beruf).

Pardon! Nun bin ich doch ins Du verfallen. (Vielleicht der Beweis dafür, wie intensiv wir diese Sache durchleiden. Und außerdem: Es ist nicht zu vergessen, daß ich ja einige Semester an der FU studiert habe, wo – zu meiner Zeit – jeder jeden duzen mußte, wollte er als Mensch gelten.)

Nun ja, zumindest seit dieser Zeit weiß ich auch, daß Menschen wie die Klette nichts anderes als Opfer sind, daß wir ihr helfen müßten, daß wir ein Modell zu entwickeln hätten, das es ihr ermöglicht, bis zu ihrer Gesundung bei uns und mit uns zu leben.

Aber wie soll ich das denn machen?

Sie sozusagen als Haustochter zu uns nehmen, oder ihr wenigstens gestatten, andauernd bei uns «rumzuhängen»?

So was geht doch hier in Bramme nicht, vor allem hier im Trappenkamp. Das Gerede der Leute, das tägliche Spießrutenlaufen beim Gang durch den Supermarkt! Jeder würde doch sofort sexuelle Beziehungen zwischen ihr und Hanns oder zwischen ihr und mir oder gar zwischen uns dreien vermuten. Und weil alle pausenlos davon reden, würde es auch bald dazu kommen, daran zweifle ich nicht (die These von der self-fulfilling prophecy, die habe ich schon im ersten Semester gelernt). Und damit würde doch dann alles zusammenbrechen. Vor fünfzehn Jahren hätte ich noch gesagt: Na und!? Aber heute sage ich es nicht mehr, denn der ungeheuere Erlebnis- und Erfahrungsgewinn, der darin zweifellos läge, den hätten ja nicht *wir* zu bezahlen, sondern die Kinder. Und die bezahlen zu lassen, fände ich ungeheuer fies.

Hanns sieht und fühlt das genauso wie ich. Was mir aber ganz besondere Angst einjagt, sind seine wohl immer unkontrollierter werdenden Aggressionen der Klette gegenüber – vor allem, seit sie nun auch noch in die HÖV vorgedrungen ist. Was er nicht alles plant ... Okay, solange das nur die berühmte Entlastungsfunktion für ihn hat und haben sollte – aber wenn das alles nun eine bestimmte Eigendynamik bekommt und er dann tatsächlich ... Ich habe Angst vor dieser Eskalation, und diese Angst läßt mich nicht mehr schlafen. Hanns übrigens auch nicht. Unsere vegetativen Störungen nehmen zu. Bei ihm ist es eher der Magen, bei mir das Herz, mit Atemnot verbunden (Angina pectoris). Das alles macht uns krank.

Ich habe mit Ann-Kristin schon mehrmals darüber gesprochen (so über den Gartenzaun hinweg). Sie sieht ja auch, wie schlecht es uns geht, aber sie sagt immer nur, sie könne nicht anders.

Genau wie ich: Ich kann doch auch nicht anders! Dabei würde ich sie so gern in die Arme nehmen und zärtlich zu ihr sein.

Hanns ist nächsten Monat zu einer Tagung in Berlin; ob ich da

Ann-Kristin nicht doch einmal zum Tee in unser Haus einladen sollte? Was meinen Sie dazu?

Ich will es ganz sicher – und habe zugleich unheimliche Angst davor. Soweit bin ich nun schon, daß ich Tee trinken sofort mit *vergiften* assoziiere, *ihr etwas hineinschütten*.

Manchmal, lieber Hillermeier, manchmal denke ich nämlich auch, daß das Ganze eine riesengroße Komödie ist, das mit der Klette, die Hanns und sie (!) mir vorspielen, damit er es leichter hat, von mir und den Kindern loszukommen. Sein Aufstiegsstreben, sein ungeheurer Ehrgeiz (erst Präsident der HÖV, dann Stadtrat und Landtagsabgeordneter, später noch der Bundestag und mehr) – da sind wir doch nichts weiter als ein Hemmschuh für ihn. Und er hat ja auch wirklich das Zeug dazu – die Lobeshymnen, die zu seinem Vierzigsten allenthalben angestimmt worden sind, zeigen dies ja in aller Deutlichkeit. Ich glaube nicht, daß ich da zu naiv bin ... Und wenn er zehnmal beteuert, alles erreicht zu haben, was er erreicht haben wollte – da macht er sich und uns nur etwas vor! Will er uns also loswerden? Ist er zu feige dazu, mir die Wahrheit zu sagen? Stellt er sich nur als «Opfer» *seiner* Klette dar, weil es so viel bequemer für ihn ist, von mir zu ihr zu wechseln? (Ich habe das Wort ‹seiner› eben ganz bewußt unterstrichen, weil ich ihn oft dabei ertappe, wenn er von «meiner Klette» spricht. Sagt das nicht alles?) Ich und die Familie, wir sind wie ein Mühlstein für ihn, aber Ann-Kristin gäbe ihm den Schwung für den weiteren Aufstieg. Von sich würde er Ihnen das niemals schreiben, vielleicht ist es ihm auch selber noch gar nicht so recht bewußt geworden. Andererseits geht es ihm wirklich denkbar schlecht, und vielleicht ist es gemein von mir, ihm derart unrecht zu tun. Aber alle Beruhigungsmittel, die der Internist mir gegeben hat, können nicht verhindern, daß die Gedanken kreisen und kreisen und auf unkontrollierbare Bahnen geraten.

Ja, lieber Hillermeier, Sie verstehen doch wohl, daß ich Sie jetzt auch von mir aus ins Vertrauen gezogen habe, nachdem ich weiß, wie wichtig Ihre Briefe für Hanns sind – übrigens auch seine Briefe an Sie, denn schon allein das Schreiben scheint auf ihn eine beruhigende, fast therapeutische Wirkung auszuüben. Hier in Bramme ist es ja völlig unmöglich, mit irgendwem über dieses Problem Ann-

Kristin auch nur annäherungsweise zu sprechen, wollen wir uns nicht ins gesellschaftliche Abseits begeben.

Ich muß jetzt schließen, denn der Wäschetrockner tutet schon lange wie verrückt, und draußen ist Svenja mit dem Rad gestürzt – die Klette klingelt gerade.

Bis dann!
Ihre
Uta L.

Hanns-Ulrich Lachmund
an
Alexander F. Hillermeier

Bramme, den 20. November 1982

Lieber Alexander,

wieder ist etwas geschehen, was mich bis zur absoluten Schlaflosigkeit bestürzt sein läßt: Ich habe die hundertprozentige Chance, den perfekten Mord zu begehen (jedenfalls was Opfer weiblichen Geschlechts angeht). Dies gibt mir die Freiheit des Handelns in einem wahrhaft schwindelerregenden Maße zurück. Gestern bin ich in der HÖV zusammengeklappt und vom Internisten nur mit viel Calcium etc. wieder auf die Beine gebracht worden – nun aber kann ich mich der beiden Mühlsteine, Ann-Kristin wie Uta, noch entledigen, ehe ich zwischen ihnen vollends zerrieben werde. Sogar beider, ja, obwohl ich dies – ganz logisch! – weder will noch brauchte; ich will Dir nur verdeutlichen, wie groß die Gelegenheit ist, die Versuchung, die mich zum Mörder machen könnte. Dies Wissen um die Möglichkeit des absolut perfekten Mordes ist wie ein furchtbarer Sog, dem ich mich kaum mehr entziehen kann.

Ich sitze hier in Utas Zimmer und suche in den Reihen der von ihr aus Berlin mitgebrachten Bücher nach jenen Bänden, die sie sich einmal angeschafft hat, um ihren Schein in einer Übung des Kollegen Peter Nusser zu machen – etwas über die sozialkritischen Tendenzen im modernen deutschen Kriminalroman. Du weißt ja, daß ich selber nichts von dieser Gattung halte und Krimis als ein Stück wenig erbaulicher Trivialliteratur geradezu verabscheue, insbesondere, wenn sie sich krampfhaft bemühen, mehr sein zu wollen als pure Unterhaltung – weswegen ich nun gezwungen bin, mich an Hand Utas Materialien über die Möglichkeiten, Grenzen und Gefahren des «idealen» oder «perfekten» Mordes genügend sachkundig zu machen.

Ich finde das Buch «Der ideale Mord in Theorie und Praxis», herausgegeben von Klaus Leonhardt, Stuttgart 1968, das eine Reihe von Kurzgeschichten enthält und schon, wie auf den ersten Blick zu erkennen, im Vorwort mit einer Reihe von nützlichen Hinweisen aufwartet, etwa:

– «Ein Plan ist der Perfektion um so näher, je mehr er den Zufall in Rechnung stellt.» (S. 7.)
– In der Mehrzahl der Fälle, so der Herausgeber, werde der «konsequent denkende Verbrecher» zwar scheitern, aber: «Woher will man denn je erfahren, wie vielen Mördern das perfekte Verbrechen eben doch gelungen ist? Sein Gelingen besteht ja gerade darin, daß es verborgen bleibt.» (S. 7.)

Einiges an Brauchbarem könnte ich wohl auch in Jochen Vogts beiden UTB-Bändchen finden (I und II, München 1971), einer Sammlung kritischer Aufsätze über den Kriminalroman. Beim ersten Anblättern schon entdecke ich in einem Beitrag von Günter Waldmann über Dürrenmatt den Satz: «Durch die Einführung des Zufalls als maßgeblicher Instanz wird das verfälschende Idealbild, nach dem der Mensch kraft seiner Vernunft autonomer Herr seines Geschicks und souveräner Gestalter einer geordneten Welt ist, aufgelöst» (S. 221).

Recht hat er, der Mann, wenn ich vor allem daran denke, wie ich im Rahmen meiner Geburtstagsfeier ausgerechnet in dem Augenblick ein so starkes Bedürfnis nach Ruhe wie nach frischer Luft empfinden mußte, in dem Ann-Kristin sich vor den Güterzug werfen wollte.

Ist es nun auch reiner Zufall, daß ich den Schlüssel zum perfekten Mord gefunden habe?

Ja und nein, mehr nein als ja.

Laß mich kurz schildern, was geschehen ist: Zwei Leute aus unserer Vervielfältigungsstelle liegen grippekrank im Bett. Um diese Jahreszeit, um den Totensonntag herum, gewiß kein Zufall. Was macht die HÖV-Verwaltung? Sie beauftragt Schultz, unseren Hausmeister, mit der Anfertigung der eiligsten Fotokopien, mit jenen, die in den Lehrveranstaltungen am dringendsten gebraucht werden. Dies ist nun erst recht kein Zufall, sondern im Geschäftsverteilungsplan so vorgesehen. Schultz, immer außerordentlich diensteifrig und beflissen, macht sich auch sofort an die Arbeit, hat aber das Pech, an einer der neu angeschafften Maschinen alsbald einen Defekt auszulösen. Bei seinen Reparaturversuchen gerät er immer mehr in Panik, anderes mißglückt ihm und bleibt liegen, so daß sich in kürzester Zeit bald ein Dutzend Dozenten bei ihm in der Vervielfältigung versammelt haben, die händeringend um ihre einzubrennenden Overheadprojektor-Folien wie um ihre vervielfältigten Texte bitten, die sie ihren Studenten vorlegen wollen.

Das alles ist nun auch kein Zufall, das geschieht tausendfach in aller Welt, ja, ist in großen Organisationen fast das Normale.

Zu den wartenden Dozenten stößt dann auch unser Kriminalhauptkommissar Kämena, der bei uns im Fachbereich Polizei (F 62) Lehraufträge zum Thema «Fahndung und Observation» erteilt bekommt, gleichzeitig aber auch noch Kurse an der hiesigen Polizeischule abhält, für die er seine Materialien bei uns gleich mitvervielfältigen läßt. Die aber sind am besagten Tage noch nicht fertig, weil Schultz eben mit den Maschinen doch nicht so recht klar kommt. Kämena nun hat es eilig, er muß weg (seit er als Leiter der Sonderkommission mit der Jagd nach dem Brammer Frauenmörder befaßt ist, kommt er kaum noch zum Luftholen). Wir sind gut miteinander bekannt, er weiß, daß ich ohnehin jeden Tag – oft sogar mehrmals – am Stadt- und Polizeiamt vorbeifahre; was liegt da also näher für ihn, als mich zu bitten, ihm die Sachen, die Schultz jetzt in der Eile nicht fertigstellen kann, doch am Nachmittag «schnell mal ins Büro zu werfen». Seine dienstliche Beanspruchung kennend, sage ich natürlich zu.

Das alles ist doch reine Mechanik, das ist kein Zufall! Für uns Juristen ist Zufall per Definition ganz allgemein ein Ereignis, für welches keine Gesetzmäßigkeit zu erkennen ist – hier aber walten die Gesetzmäßigkeiten des Hochschulbetriebes und der sich aus Kollegialität ergebenden Pflichten.

Als ich dann gegen 17 Uhr in sein Büro komme, ist niemand da. Die Tür steht offen, irgendwo am Ende des Flurs lärmt der Staubsauger einer Reinmachefrau. Ich rufe Kämena – keine Antwort. Ich mache mich daran, den Stapel seiner Vervielfältigungen aus meiner Tasche herauszuziehen («Das Versuchsprojekt ‹Sigma›. Neue Wege zur Erfassung und Auswertung von Signalementdaten», Kriminalistik, 11/82), und während ich Schwierigkeiten damit habe, fällt mein Blick ganz automatisch auf die Unterlagen, die sich weithin über seinen Schreibtisch ausbreiten. Ich begreife schnell, daß es dabei in der Hauptsache wohl um den Brammer Frauenmörder gehen muß. Drei Tote schon – Du erinnerst Dich, daß ich Dir bei Deinem Besuch hier kurz davon berichtet habe.

Ich werde neugierig, gerate in eine unerträglich süß-folternde Spannung, ahne instinktiv, wie ich es aber auch mit irgendwie ungerichteter Rationalität gleichsam schon verplane, daß hier die Lösung aller meiner Probleme zu finden sein könnte. Ich schaue mich um, ich lausche: niemand da. In einer Art Ausnahmezustand beginne ich zu suchen, weiß nicht, wonach eigentlich, und bin dennoch ganz sicher, das zu finden, was mich erlösen könnte. Es ist die Erregung, die aus einer ganz stringenten inneren Logik entspringt: Hier ist alles ausgebreitet, was Spezialisten über einen Menschen wissen, der immer wieder Frauen umbringt und nicht zu fangen ist: *von dem kannst du alles lernen, was du selber brauchst.*

So sehe ich durch, was durchzusehen ist, viel zu Papier gewordene Fahndungsroutine, und will schon aufgeben, als ich dann endlich fündig werde: Ich entdecke das Blatt mit den magischen Zeichen, die der Täter seinen unglückseligen Opfern ein jedes Mal auf den Körper brennt. Wegen der Nachahmungsgefahr hat das selbstverständlich niemals in der Zeitung gestanden.

Ich begreife sofort, daß ich den perfekten Mord bzw. sogar mehrere perfekte Morde begehen kann, wenn ich im Besitz dieser Zeichen bin. Im Nu habe ich sie abgemalt, rauf auf die Rückseite einer alten Bücherquittung.

Dann stecke ich die für Kämena bestimmten Vervielfältigungen wieder ein, und es gelingt mir auch, sein Büro ungesehen wieder zu verlassen. Über die hintere Treppe erreiche ich das Parterre, verschnaufe kurz auf der Herrentoilette und fahre dann mit dem Lift erneut nach oben, um auf Kämenas Flur so laut und so lange nach ihm zu rufen, bis eine andere Tür aufgeht und mir einer seiner Kollegen den Papierstapel abnimmt.

Das war's, lieber Alexander, und seither kann ich kaum noch schlafen. Jetzt ist alles möglich, aber ich breche fast zusammen unter dieser Last.

Ich lese weiter in Utas Fachbüchern und finde im besagten Sammelband von Vogt auch ein Zitat von Brecht: «Wir machen unsere Erfahrungen im Leben in katastrophaler Form. Aus Katastrophen haben wir die Art und Weise, wie unser gesellschaftliches Zusammensein funktioniert, zu erschließen.» (S. 321).

Ja, so ist es wohl, und ich fühle mich auch viel mehr als Opfer, denn als Täter.

Bei Paul Ghysbrecht («Psychologische Dynamik des Mordes. Analyse einer existentiellen Grenzsituation», Frankfurt/Main 1967) lese ich auch einen Satz wie diesen: «Meist ist der Täter so in seine Lebensumstände verstrickt, daß er, auf Grund seiner geistigen Entwicklung und Struktur, nur noch in der aggressiven Handlung einen Sinn sehen kann» (S. 5). Oder: «Viele Menschen werden durch Angst und Furcht nicht gehemmt, sondern in einen aggressiven Zustand getrieben, der nur unzureichend von den sogenannten höheren Funktionen kontrolliert wird» (S. 9).

Am meisten zu denken aber gibt mir eine auf Seite 7 wiedergegebene Erkenntnis: «Psychoanalytische Erkenntnisse lehren, daß Selbstmord sehr wohl ein psychologisches Äquivalent für den Totschlag sein kann, wie andererseits ein Totschlag für den Täter das Erlebnis eines Selbstmordes bedeuten kann.»

Mein Gott, Alexander – daran habe ich ja überhaupt noch nicht gedacht: daß ein Selbstmord meinerseits ja auch eine Möglichkeit wäre, aus all meinen Qualen herauszukommen, endlich Ruhe und Frieden zu haben, ohne dabei am anderen im Sinne des Strafgesetzbuches schuldig zu werden.

Wenn ich nun die Klette töte, dann wäre dies, sofern Ghysbrecht recht hat, nur ein Selbstmord in anderer Form.

Aber es ist der einzige Weg, denn ich muß am Leben bleiben, weil andere mich brauchen – sie aber hat keinen, für den sie sorgen muß, dessen Schicksal mit ihrem Weiterleben untrennbar verbunden wäre.

Also muß ich mich jetzt mit allen meinen Fähigkeiten daranmachen, daß Maß mich bei meiner Tat gefährdenden *Zufälle* auf eine Größe zu reduzieren, die man als ein «vertretbares Risiko» bezeichnen könnte. Und das müßte doch zu schaffen sein!

Oh, ich muß jetzt ganz abrupt schließen: Uta kommt gerade von ihrem Chorabend zurück!

Bis bald!
Herzlichst
Dein Hanns-U.

Anmerkung der beiden Autoren:
Dieser Brief ist nicht abgeschickt worden, an Hand später gefundener Reste konnte jedoch eine recht genaue Rekonstruktion vorgenommen werden. Eine Fotokopie dieses Schriftstückes befindet sich in unserem Besitz.

Alexander F. Hillermeier
an
Uta Lachmund

Los Angeles
21-11-82

Liebe Uta,

haben Sie vielen Dank für Ihren ernsten Brief, in dem Sie mir die Probleme mit der «Klette» aus Ihrer Sicht schildern. Ich bin erstaunt und erfreut, wieviel Großmut aus Ihrer Haltung spricht. Sie versuchen, die Gefühle und Erwartungen dieses Mädchens nicht zu verletzen, das Ihnen nun doch schon eine ganze Menge Unannehmlichkeiten zugemutet hat. So jedenfalls stellt es sich mir aus der Ferne dar. Hanns-Ulrich äußert sich auf eine Art betroffen und entschlossen, die es mir immer schwerer macht, ihm in meiner manchmal frotzelnden und ironisch-distanzierten Art zu antworten, in die ich persönliche Mitteilungen sonst immer zu kleiden pflege. Ich kenne ihn so gereizt nicht, bin überrascht, wie berechnend und kühl, ja strategisch er sich die nächsten Schritte überlegt hat. Freilich erscheint mir zugleich manches völlig überdreht ... Hoffentlich wird er nicht einmal das Opfer seiner eigenen Manöver.

Andererseits glaube ich oft, daß er zu den Aggressionen, die er sich ausgedacht hat, gar nicht fähig ist, daß er sich eher selbst beruhigt, daß er bellt, statt zu beißen, wenn er von «Maßnahmen» spricht, die er «ergreifen» will. Eine martialische Sprache, die ihre Wirkung auch ohne ein darauf folgendes Handeln haben soll. Das Ich bewaffnet sich, zeigt die Zähne ... Gewissermaßen ein Bluff, der der eigenen Person vorgespielt wird.

Aber vielleicht täusche ich mich auch, und Hanns-Ulrich reagiert doch wie der verwundete Stier, der rot sieht und Amok läuft, solange ihm die Kraft dazu verbleibt. Verzeihen Sie das Bild, aber ich bin wirklich etwas ratlos, wie ich Ihrer beider Situation tatsächlich einschätzen soll. Das menschliche Verhalten wird nicht nur von der eigenen Persönlichkeit bestimmt, sondern auch – so Kurt Lewin – von den Kräften des Feldes, in dem jemand steht. Von den Verhältnissen, hat Marx gesagt. Und schließlich können die äußeren Verhältnisse auch Kräfte in uns freisetzen, die durch Erziehung und durch Selbstkontrolle zum Schweigen verurteilt waren: Aggressionen, die sich in langen Jahren angestaut haben und die nach Zerstörung drängen. Darauf verweisen uns doch auch die Milgram-Experimente, in deren Verlauf Versuchspersonen bereit waren, anderen Menschen schwerste Stromstöße zu verpassen, nur weil ein vermeintlicher wissenschaftlicher Nutzen dies rechtfertigen würde ... Seit diesen Experimenten legen wir Psychologen so schnell keine Hand mehr für jemand ins Feuer, solange wir nicht die Umstände kennen, in die er gezwungen wird. Und Hanns-Ulrich ist jedenfalls in Gefahr, weil er sich in seiner Existenz unmittelbar bedroht sieht.

Muß ich ihm da nicht auch dadurch helfen, daß ich einen Dritten auf seine gewalttätigen Stimmungen aufmerksam mache? Konkret: Müssen wir nicht die Polizei (oder vielleicht die Fürsorge?) informieren, um ein Unglück zu verhindern? Könnten wir die moralische Schuld tragen – von der rechtlichen Schuld einmal ganz abgesehen –, die sonst plötzlich auf uns lasten würde?

Aber hieße das nicht auch wieder, dem Freund das Vertrauen zu entziehen, ihm etwas zuzutrauen, das in letzter Konsequenz seinem Charakter so völlig fremd ist – und damit als Freund zu versagen? Darf ich mich denn in eine Entscheidung anders als durch Rat, Mitdenken und Mitleid einmischen? Mache ich Hanns-Ulrich nicht zum Gespött der Stadt, wenn ich seine Gedanken öffentlich anzeige, Gedanken, die vielleicht nie Wirklichkeit würden? Dies ist eine Verantwortung, die ich mit solcher Widersprüchlichkeit und Unausweichlichkeit noch nicht erfahren habe.

Immer schmerzlicher fühle ich meine eigene Ohnmacht. Wie gern würde ich ihm-Ihnen-Euch mit Taten helfen, anstatt Eure Situation nur (psycho-)analytisch aufzuhellen. Doch mein erster Versuch ist ja peinlich hilflos gescheitert. Und für einen zweiten habe ich noch keine Idee, noch keinen Plan . . .

Liebe Uta, ich fühle mich zusätzlich gehandicapt, weil ich seit längerem von einer Nervenentzündung, einer Ischias-Neuralgie, geplagt werde, die mich nun schon seit Tagen am Gehen hindert. Ich mußte letzten Mittwoch mitten auf dem Campus der UCLA von Sanitätern aufgesammelt und in einen Erste-Hilfe-Raum getragen werden.

Glauben Sie mir, Uta, daß ich oft an Euch denke. Da ich zur Zeit fast nur untätig zu Hause rumliegen kann – sogar das Schreiben fällt mir schwer –, habe ich unfreiwillig mehr Zeit dazu, als mir lieb ist. Ich hasse das Grübeln, es macht mich nervös.

Mit liebevollen Grüßen auch an Hanns-Ulrich, dem ich guten Mut, aber auch die nötige Besonnenheit zu erfolgreichem Handeln wünsche.

Ihr Alex Hillermeier

Ann-Kristin Angeleidt
an
Prof. Dr. H. U. Lachmund

Bramme, den 7. 12. 82

Lieber Freund!

Ich möchte Dich so gern weiter so anreden, aber die Zeichen der vergangenen Wochen sprechen diesem Wort Hohn! Wie unfaßlich ist das! Ich sitze hier, in Deiner Nähe, und warte, und Du brauchst nur zuzugreifen, und ein neues Leben kann für Dich beginnen. Hast Du Dir noch nie vorgestellt, wie das sein könnte, wenn wir zwei zusammen wären? Ich würde Dich mit der ganzen Kraft meiner Jugend lieben, wäre Dir jeden Tag nahe, wäre immer für Dich da! Du dürftest auch streng zu mir sein, mir erklären, was Dir wichtig ist, und mich bestrafen, wenn ich einmal nicht alles gegeben habe. Und mich auslachen, wenn ich etwas Lächerliches sage. Ich würde auch daraus lernen.

Aber statt dessen benimmst Du Dich – verzeih diesen Ausdruck! – wie ein billiger Krimineller, der mich abschütteln will. O ja, das habe ich schon gemerkt: Daß Du neulich abends so dicht an mich rangefahren bist und dann quietschend gebremst hast, daß ich einen riesigen Schreck bekam. Oder wolltest Du mir vielleicht wirklich etwas antun? Es tut mir auch sehr weh, daß Deine Kinder immer gleich erschrecken und weglaufen wollen, wenn ich sie anspreche und ihnen etwas schenken will.

Ich bin auch ganz sicher, Du bist es, der mich immer nachts anruft und dann so scheußliche Geräusche macht, wie Stöhnen oder so. Was soll das? Und was soll das Messer, das Du auf meinem Tisch liegengelassen hast, nachdem Du für Frau Kühnemann die Dachrinne von meinem Fenster aus repariert hast? Und die Fratzen auf dem Kalenderblatt von gestern! Und die ausgetauschten Tabletten, die ich natürlich entdeckt habe. Ich bin doch auch nicht blind! Oder vielleicht sollte ich sie ja auch entdecken, damit keiner sagen kann, Du hättest mich umbringen wollen. Es ist schrecklich! Aber am gemeinsten ist das mit dem Drohbrief, daß ich das nächste Opfer des Brammer Frauenmörders werde! (Es ist Deine Schrift; ich kenne die doch aus der HÖV!) Das hat bei mir ein großes Weinen ausgelöst, wie kannst Du Dich so erniedrigen! Das ist doch schon krankhaft. Wir haben neulich in der Psychologie-Vorlesung gehört, krank sei man, wenn man seine Aufgaben und Rollen, für die man erzogen (oder sozialisiert) worden ist, nicht mehr richtig erfüllen könne. Deine echte Aufgabe wäre doch jetzt, Deinem, meinem und damit *unserem* Leben einen neuen Sinn zu geben. Laß Dir doch von der anderen nichts einflüstern!

So kann es nicht weitergehen! Ich bin jetzt auch bald am Ende vor lauter Angst. Ich frage mich, was das alles noch für einen Sinn hat. Keinen! Oder vielleicht doch einen?! Vielleicht bist Du ebenso verzweifelt, weil Du mich ebenso liebst wie ich Dich, und weil Du Dich nur nicht traust, zu mir zu kommen und mich in die Arme zu nehmen. Vielleicht wirst Du auch allmählich krank, weil Du Dich nicht entscheiden kannst? Ist es wegen Uta oder wegen Deiner Kinder?

Du mußt Dich aber jetzt entscheiden, ich werde Dich dazu zwingen. Ein für allemal. Ich habe nämlich sonst keinen Mut mehr zu leben, und diesmal klappt es dann bestimmt. Dann werde ich Weihnachten nicht mehr erleben. Und dann wird es da einen Abschiedsbrief in Frau Kühnemanns Briefkasten geben, in dem auch Dein Drohbrief drin ist und das Kalenderblatt. Was hast Du dann davon gehabt? – Ich weine jetzt vor Verzweiflung und Sehnsucht.

Am Freitag, 10. 12. 82, werde ich in Bremen sein. Nachmittags um 5 Uhr, pünktlich. Und zwar vor dem Hauptbahnhof, am Kiosk des Verkehrsamtes.

Dort mußt Du mir erklären, ob Du mich liebst, ob Du zu mir stehst und ob ich Dich Deiner Familie entreißen kann. Oder nicht ...

Wenn Du nicht kommst, dann siehst Du mich nie mehr, dann bist Du mich los. Aber dann werf ich auch alles, was Dich belastet, in den Briefkasten. Ich hab es schon fertig hier vor mir liegen. Du wirst mich also doch nicht wirklich los. Und in meinen Gedanken werde ich Dich dann dahin mitnehmen, wohin ich gehe, und Du wirst nie mehr frei sein von mir, und die feinen Leute von Bramme werden einiges erfahren. O Hanns, ich liebe Dich doch!

Dieser Brief liegt in Deinem Fach in der HÖV, damit diese Uta ihn nicht in die Finger kriegt und Dich überredet, daß Du am Freitag nicht kommen sollst. Komm bitte! Sonst muß ich warten, bis wir in einer besseren Welt vereint sind.

Mit tränenvollen Küssen
Deine Ann-Kristin
(Bitte komm!)

Kurze Mitteilung von Frau Kühnemann
an Uta Lachmund

11. 12. 82

Liebe Frau Lachmund,
habe Sie leider nicht angetroffen.

Kann heute nicht zum gemeinsamen Kuchenbacken kommen, da dringend ins Krankenhaus muß, Sachen hinbringen.

Bin auch mit dem Herzen nicht in Ordnung.

Ihre
E. Kühnemann

Uta Lachmund
an
Alexander F. Hillermeier

Bramme, den 16. Dez. 82

Lieber Hillermeier,

Sie werden sich wundern, schon wieder Post von mir zu bekommen, aber Hanns hat mich gebeten, Ihnen schnell einmal zu schreiben. Er selbst hat es auch schon versucht, aber nur undeutbare Hieroglyphen zustande gebracht. Seit Mittwoch letzter Woche liegt er nun im Bett und fühlt sich immer noch so, als hätte er gerade seinen ersten Schlaganfall überstanden. Dabei war es nur (aber was heißt schon nur?) ein klassischer Nervenzusammenbruch mit leichten Lähmungen der rechten Gesichtshälfte und des rechten Armes. Na, bis Weihnachten ist es ja noch gut eine Woche – und bis dahin wird er sicher wieder auf den Beinen sein.

Nach außen hin tun wir alle so, als wären bei ihm ein schwerer grippaler Infekt, eine Kieferhöhlenentzündung und (wie bei Ihnen!) ein eingeklemmter Ischiasnerv zusammengekommen. Sie wissen ja: Wird hier bei jemand ein Nervenleiden konstatiert, ist es mit seiner Karriere ein für allemal vorbei. Und Hanns möchte doch so gern noch über die Präsidentschaft seiner HÖV in die Politik und in den Landtag (obwohl er das nie laut sagen würde und sogar sich selbst gegenüber nicht eingesteht). Wir schweigen also über den wahren Grund seines Zusammenbruchs, zumal dieser Grund Ann-Kristin Angeleidt heißt.

Die Dame ist aufs Ganze gegangen. Sie hat Hanns mit einem angedrohten Selbstmordversuch zu erpressen versucht. Wenn er sich nicht mit ihr am Freitagabend in Bremen träfe, dann ... Ohne mit mir vorher darüber zu sprechen, hat er beschlossen, nicht hinzufahren. Hanns-Ulrich scheint diese Situation überfordert zu haben; er ist zusammengeklappt und konnte daher gar nicht zu dem Treffen fahren, auch wenn er gewollt hätte. Sie können sich denken, daß es mir lieber gewesen wäre, er hätte das Treffen aus freien Stücken abgesagt. So weiß ich nicht, wie er sich entschieden hätte, wenn er gesund gewesen wäre ...

Ann-Kristins Reaktion ist dann sehr prompt gekommen. Zu allem Unglück hat sie sich auch noch mit den Tabletten zu vergiften versucht, die er ihr gegen ihre Zahnschmerztabletten ausgetauscht hatte (eine seiner irrwitzigen Aktionen, um sie abzuschütteln).

Jetzt liegt er nun da und macht sich die allerschwersten Vorwürfe: Er habe in Wahrheit einen Mordversuch begangen. Er zerfleischt sich richtig. Langsam werde ich den Verdacht nicht mehr los, daß er im Grunde doch schon voll und ganz auf dieses Mädchen «abgefahren» ist. Je mehr er jetzt leidet, desto leichter hat er es nachher, wenn er sich wirklich von mir trennt. Ich hör ihn schon sagen: «Du mußt nicht glauben, daß mir das alles furchtbar leichtgefallen ist!»

Mag unsere Klette auch zehnmal so aussehen wie diese Nicole, wenn sie ihre Friedensschnulze singt: Sie ist eiskalt und berechnend. Natürlich hat sie ihren Selbstmordversuch, die Tabletteneinnahme also, so dosiert, daß er nicht gelingen konnte. Und selbstverständlich hat sie keinen Abschiedsbrief hinterlassen, der Hanns belastet hätte. Den Mann, mit dem man leben will, den macht man nicht zur Sau! Ich zweifle nicht daran, daß sie ihr Spiel gewinnen wird, ich zweifle nur daran, ob Hanns die Konstitution hat, ihren Sieg zu er- und zu überleben. Mögen andere ihre Frauen wechseln wie die Hemden – er ist nicht der Typ dafür; er quält sich zu sehr, er geht daran zugrunde.

Und soll ich das alles so hinnehmen? Hinnehmen, daß sie mein wie sein Leben auf diese Art und Weise kaputtmacht? Ich stelle mir pausenlos die – falsch formulierte – Frage, die sich meine Mutter im Krieg auch immer gestellt hat: Womit hab ich das denn bloß verbrochen?

Ja, es ist wie eine Krankheit über uns gekommen – wie Krebs, wie Multiple Sklerose, an der Ihre Frau Mutter leidet. Aber mit dem einen Unterschied: da kennt man den Erreger nicht genau, hier aber kennt man ihn.

Ich kann es der Klette schlecht schreiben, lieber Hillermeier, aber Sie könnten es: Sie könnten ihr mitteilen, daß ich sie eher umbringen werde, als hinzunehmen, wie sie meinen Mann, mich und unsere ganze Familie langsam zugrunde richtet ...

Ja, lieber Hillermeier, da bin ich also auch schon angekommen bei dem berühmten: *Die oder ich!* Und kann noch immer nicht begreifen, daß das kein Film ist und kein Fernsehspiel, sondern Realität, *meine* Realität! Auf Millionen geglückter Flüge kommt ein Absturz, und jeder denkt, bei diesen Relationen ist es äußerst unwahrscheinlich, daß es auch mich einmal treffen wird; ja, eigentlich völlig ausgeschlossen, denn alle sind sterblich, nur ich bin es nicht. Und dann sitzt man doch in einer Maschine, die mit brennenden Triebwerken der Erde entgegenrast ... Was nutzen da alle wahrscheinlichkeitstheoretischen Überlegungen?!

Brechts Kaukasischer Kreidekreis fällt mir noch ein, ein Stück, das mich schon von Jugend an unheimlich beeindruckt hat. Sooft ich es gesehen oder nur gelesen habe, immer habe ich mir geschworen, so edel zu sein wie diejenige der beiden Frauen dort, die *nicht* an ihrem Baby reißt, es lieber der anderen überläßt, als es zu töten.

Glauben Sie mir, ich würde heute noch zu Freund Grünthaler gehen und die Scheidung einreichen, wenn ich Hanns damit retten könnte. Aber er will das ja gar nicht, es würde ihn völlig niederwerfen.

Sosehr ich ihn liebe, sosehr leide ich auch unter ihm, sosehr ist er eine unsagbare Last für mich geworden. Vergleichbar vielleicht mit einem todkranken, pflegebedürftigen Verwandten im Haus, den man in ein Altenheim abschieben möchte und schließlich auch abschiebt.

Sicher, ich hänge sehr an ihm, und ich brauche ihn der Kinder wegen, aber andererseits hat mich die Ann-Kristin-Affäre doch schon so von Hanns entfremdet, daß mir die Trennung längst nicht mehr nur als Schrecken erscheint, sondern langsam auch schon als Segen. Soll er doch hin zu ihr, wenn er sich dadurch verbessern kann!

So sehen Sie uns nun beide furchtbar hin und her gerissen. Die Atmosphäre ist bis zum Zerreißen gespannt – und es muß bald etwas Entscheidendes geschehen, sonst zerreißt es uns alle.

Soll ich ihn denn wirklich ziehen lassen und mich dann noch jahrelang mit der Erziehung der Kinder abquälen, ohne Chance für eigene Berufstätigkeit, während er mit der Klette herumvögelt!? Pardon, aber irgendwo und irgendwie hat wohl auch die schönste Toleranz ihre Grenzen – oder?

Sie werden jetzt furchtbar fluchen, lieber Hillermeier, daß Sie immer weiter in die Rolle unseres Eheberaters und Psychiaters hineinschlittern, aber Sie sind wirklich noch unsere letzte Hoffnung! Darum schreibe ich Dinge wie diese nicht wie sonst in mein Tagebuch, sondern auf dieses Briefpapier – es ist ein einziger Hilferuf! Wo ist da ein Ausweg aus diesem Labyrinth? Was sollen wir tun? Haben Sie einen Rat, oder soll ich lieber Grünthaler fragen, wie ich es anstellen muß, mit Freispruch oder mit Bewährung davonzukommen, wenn ich nächste Woche die Klette erschieße!?

So kann es jedenfalls nicht mehr weitergehen!

Jetzt fällt mir ein, daß ich mich für Ihren freundlichen Brief noch gar nicht bedankt habe, der uns viel Anlaß zum Nachdenken gegeben hat. Aber sagen Sie, wie geht es Ihnen mit Ihrer Nervenentzündung? Sie sind doch hoffentlich wieder ohne Beschwerden? Wir hatten schon gehofft, daß Sie Weihnachten in Bad Zwischenahn verbringen und uns dann einmal ausführlich besuchen würden. Wir werden auf alle Fälle einmal während der Feiertage zu Ihrer Mutter fahren und ihr Blumen bringen (gelbe Rosen, stimmt's?). Sie ist wirklich sehr reizend!

Für die Feiertage und den Jahreswechsel wünschen wir Ihnen eine gesunde und erlebnisreiche Zeit. In der Hoffnung, daß Sie uns mit Ihrem Mit-Leid nicht im Stich lassen,

Ihre
Uta Lachmund

Studenten der AVD 4/82 B
an
den Präsidenten der HÖV

Bramme, den 20. 12. 82

Sehr geehrter Herr Präsident Hirsch-Lampert!

Wir, d. h. die große Mehrheit der AVD 4/82 B, beantragen hiermit, uns einen anderen Dozenten in dem Fach Zivilrecht I zu geben und Herrn Prof. Dr. Lachmund aus unserem Lehrplan zu entfernen.

Wir haben ein Recht auf eine ordentliche Ausbildung, welche sich auch in regelmäßigen Lehrveranstaltungen und in einer genügenden Vorbereitung seitens des Dozenten niederschlägt. Wir müssen am Semesterende eine BGB-Klausur schreiben, und daher nehmen wir es jetzt nicht mehr einfach hin, daß unser BGB-Dozent oft zu spät kommt oder früher geht, manchmal gar nicht kommt, immer fahriger und unkonzentrierter wird; er widerspricht sich oft in seinen eigenen Aussagen, und wir können kaum noch etwas verstehen. Auf Fragen von Studenten antwortet er oft sehr aggressiv. Jetzt ist er schon seit vierzehn Tagen krank – diese Zeit geht uns auch noch verloren!

Die Ursache ist uns allen bekannt, und wir haben die Kommilitonin Angeleidt auch schon aufgefordert, sich im Unterricht mit ihren «Sympathiebekundungen» mehr zurückzuhalten.

Wir finden es auch nicht gerecht, daß sich der Dozent mit schlechten Noten oder Ignorieren an der Kommilitonin rächt. Nur ein neuer Dozent kann unsere notwendige Klausurvorbereitung noch sicherstellen, das halbe Semester ist schon vorbei.

Wir möchten aber betonen, daß sich unser Antrag nicht gegen die Person von Herrn Prof. Dr. Lachmund, sondern gegen seinen Einsatz in unserer Studiengruppe wendet.

Hochachtungsvoll
(22 Unterschriften)

– *Handschriftliche Notizen / Verfügungen des Rektors:*
AVD 4/82 B hat 26 Studenten, darunter A.-K. Angeleidt. Läßt sich L. so fertigmachen? Ich muß mit ihm sprechen! Auf Vertraulichkeit achten! Es wäre wohl am besten, wenn L. mitmacht, ohne daß es viel Aufhebens gibt.

1. Kopie des Schreibens an Lachmund
2. Gesprächstermin mit L. vereinbaren
3. dto. mit A.-K.- Angeleidt (terminlich später)
4. ggf. Vorlage für TOP Personalia des Akademischen Senats anfertigen.
5. Wv. 15. Januar
HL

Bramme, den 2. Januar 1983

Frohe Weihnachten

(gehabt zu haben)

und im neuen Jahr 365 glückliche Tage

wünschen Dir, lieber Alexander,
im fernen Kalifornien

Dein alter Freund Hanns-U.

und die Seinen

Du hast ja seit Ewigkeiten nichts mehr von Dir hören lassen! Ist Deine Krankheit so schlimm geworden, daß sie Dich am Schreiben hindert? Oder ist Dir sonst etwas passiert? Bist Du auf irgendeinem Trip verunglückt – oder ist es so, daß Du nun unserer Probleme überdrüssig geworden bist, zu deutsch: die Nase voll hast von den Lachmunds und der Klette? Möglich und entschuldbar wäre es, wie mir auch Utas These schlüssig erscheint, Deine Flucht ins Schweigen sei nur die Folge Deiner eigenen Ratlosigkeit im Kletten-Fall.

Deine Mutter, der wir am dritten Feiertag so en passant schnell mal die jahreszeitgemäßen Wünsche überbracht haben (bei Schlittschuhlaufversuchen auf dem Zwischenahner Meer) war sehr traurig darüber, daß Du Weihnachten nicht bei ihr sein konntest.

Nun – wie sieht's augenblicklich aus bei Dir? Bei mir: nichts Neues. Vom Arzt wieder als fronttauglich befunden, steht mir übermorgen gleich das erste HÖV-Gefecht bevor: Bestimmte Studenten – so eine Vorwarnung durch die Personalnummer 14712, Angeleidt, Ann-Kristin – blasen zum Sturm im Wasserglase und haben dem Präsidenten bereits ein Schreiben mit dem Wunsch meiner «Entfernung» aus ihrer Studiengruppe zugestellt. Hirsch-Lampert hat mich auch schon über seine Sekretärin zu einer Audienz laden lassen. Diese «Zwergenaufstände», wie wir alten Hasen dazu sagen, sind ein uns allen notwendiges Ventil; weniger angenehm ist es allerdings, wenn es einen selber trifft.

Sicherlich war ich in den letzten Wochen ungerecht, autoritär, schlecht vorbereitet etc. – die Klettenkrankheit ist dabei, mich zu zerstören.

Die Weihnachtstage über hat die Dame uns in Ruhe gelassen (abgesehen mal von ihren kleinen Geschenken für Ture, Svenja und Ole, dem Weihnachtsstern für Uta und dem selbstgestrickten Pullover für mich); erst zu Silvester hat sie mit ihren Freunden von der neuen deutschen Wandervogelwelle unseren Garten gestürmt, um mit uns gemeinsam anzustoßen (mit Küßchen auf die Backe). Den Pullover habe ich natürlich um Utas willen wegpacken müssen, obwohl mir seine grobe Strickart mit den gedämpften Tönen durchaus gefällt. – Den zweiten Selbstmordversuch hat sie offensichtlich gut überstanden. Man hat hier an der HÖV nicht mal davon Kenntnis genommen. Dank einem vernünftigen Hausarzt konnte die Sache ohne Polizei, Psychiatrie etc. unter den Teppich gekehrt werden.

Diese kurze Umarmung im Silvestertrubel – ich habe zwar keine Ahnung von Parfums, aber seit dieser Sekunde habe ich ihres in der Nase, quält es mich, werde ich erregt und gefoltert zugleich.

Ich wiederhole mich, ich weiß: Ich muß das alles loswerden, ich muß *sie* loswerden, sonst gehe ich drauf. Es bleibt mir keine andere Wahl.

Es wäre so leicht ... Jeden Abend geht sie noch mit Frau Kühnemanns Schnauzer spazieren, einem altersschwachen Hundeherren, mit dem ich mich schon soweit angefreundet habe, daß er nicht mal bellen würde, wenn ich Ann-Kristin ...

Tag und Nacht, beim Einschlafen wie beim Aufwachen, frage ich mich, wie ich es wohl am besten tun sollte. Ich werde es niemals fertigbringen, sie mit bloßer Hand zu töten; sie zu erwürgen oder niederzustechen, dazu ist meine Hemmschwelle viel zu hoch. Brauche ich also ein «Instrument», etwas, das bei der Tat Distanz zwischen uns läßt: Ein Auto vielleicht, am besten aber ein Gewehr, eine Pistole. Doch damit steigt mein Risiko. Die Beschaffung wie das Beiseiteschaffen solcher Waffen ist immer die entscheidende Schwachstelle bei solchen Plänen. So gibt es denn wahrscheinlich nur die eine Möglichkeit für mich – und immer, wenn ich die Augen schließe, sehe ich's wie auf einer Bühne:

Es ist Nacht, und ich gehe ihr nach, erreiche sie dort, wo die schlecht beleuchtete Straße zum Bahndamm hin ein wenig ansteigt, rede sie an, freundlich und ihr Hoffnung machend, bücke mich dann schnell, wenn wir an der Stelle sind, wo sie den Tunnel zu bauen beginnen, und habe den Stein in der Hand ...

Das nötige Alibi wird mir Uta verschaffen (sofern ich wirklich eines brauche, was aber zu bezweifeln ist.)

Gestern abend war ich schon ganz nahe hinter ihr, von einem Bauwagen verdeckt. Sie muß meine Nähe gespürt haben; wie sie sich immer wieder suchend umgesehen hat ... Ich bin sicher: Sie provoziert das alles. Ob sie mir nicht zutraut, daß ich sie töten könnte? Oder ... Oder will sie es sogar bewußt erreichen?

Ich werde jetzt solange proben, in Gedanken wie vor Ort, bis die Tat selbst dann nur noch Routine ist.

Vielleicht hätte ich es schon gestern getan, wenn nicht gerade ein abbremsender Intercity vorübergerollt wäre (mit allzu vielen möglichen Zeugen hinter den Scheiben).

Hätte ich es wirklich gekonnt?

Werde ich es morgen, übermorgen, überübermorgen können?

Ich muß!!!

Bin ich vollends verrückt geworden, daß ich einem anderen dies alles schreibe?

Nein.

Einmal bin ich sicher, daß Du schweigen würdest, wenn ich's wirklich getan haben sollte, und zum anderen ist dies hier doch nichts weiter als ein letzter Hilferuf: Sag mir, wo der Ausweg ist?!

Vielleicht schicke ich den Brief nur ab, wer weiß, um mich an der Tat zu hindern, denn eine hundertprozentige Garantie für Dein Schweigen gibt es ja nicht ... Oder doch? Bitte, zerreiße diese Blätter sofort! – Nein, zerreiß sie nicht: Gib sie meinem Verteidiger, wenn es soweit kommen sollte!

Und wenn ich wirklich zu ein paar Jahren Haft verurteilt würde: Wäre es nicht herrlich, von allen Lasten befreit zu sein – von Uta, den Kindern, der HÖV und mir selber? Bei meinen alten Kontakten zu allen möglichen Justizvollzugsbeamten hätte ich ein relativ schönes Leben dort. Die Ruhe einer Klosterzelle. Ich könnte endlos lesen, endlos schreiben und wäre interessant genug für manche Reportage.

Das ist die eigentliche Versuchung, ja! Gordische Knoten (und meine jetzigen Verstrickungen sind ja wohl nicht anders zu deuten), gordische Knoten sind eben nicht mehr aufzuknüppern: Man muß sie mit dem Schwert durchtrennen.

Was wird sein, wenn Du diesen Brief in den Händen hältst? Werde ich es dann schon getan haben?

Was wird in einer Woche sein? Wird mir ein Zufall in die Quere kommen, werde ich dann schon in meiner Zelle sitzen?

Gleichviel, die Würfel werden dann gefallen sein. So oder so.

In Wahrheit begreife ich noch immer nichts. Es geschieht nur noch mit mir, ich bin allem hilflos ausgeliefert. Ich handle nicht mehr nach meinem eigenen Willen, sondern folge fremden, undeutbaren Impulsen. Es ist wie eine kosmische Kraft, die auf Zerstörung drängt, wie ja alles im All wieder zerfällt. Es ist eine Kraft, auf alle Fälle, gegen die meine Vernunft machtlos ist.

Werden mich meine Kinder je verstehen können? Wirst Du ihnen in zehn, zwanzig Jahren den Mechanismus erklären können, gegen den ihr Vater machtlos war?

Bitte, versuche es.

Dein H.-U.

Alexander F. Hillermeier
an
*Hanns-Ulrich Lachmund**

Los Angeles
3–1–83

Liebe Uta, lieber Hanns,

der Alltag hat mich wieder; seit gestern abend bin ich wieder in meine vier Wände und ins normale Leben zurückgekehrt, und nun will ich auch wieder in den Gedankenaustausch mit Euch einsteigen, den ich jetzt fast sechs Wochen habe ruhen lassen. Aber schließt daraus bitte nicht, daß ich etwa nichts mehr von Euren Problemen wissen wollte; eher schon könnte gelten, daß ich mich mit meinem psychologischen Theorienwissen lächerlich ohnmächtig fühle angesichts Eurer scheußlichen Situation.

Weihnachten und Silvester waren angefüllt mit allerlei «social events» – Parties, Picknicks, Boat-Trips etc. Ohne das geht's hier nicht, und wir haben ja auch keinen richtigen Winter.

Und nun sitze ich wieder hier, ernüchtert, von den unsichtbaren Fangarmen der Alltagsroutine allmählich wieder eingefangen, geduckt unter der glasigen Smog-Kuppel von Los Angeles, und lese Ihren letzten Brief, liebe Uta, zum drittenmal.

* Dieser Brief von Herrn Hillermeier hat sich mit demjenigen von Herrn Lachmund an ihn gekreuzt. Die Autoren.

Ich lasse vor meinen Augen noch einmal Revue passieren, wie alles gekommen ist: Da feiert ein geachteter, humorvoller, stets hilfsbereiter, aufstiegsorientierter und von einer sympathischen Familie umgebener Hochschullehrer seinen 40. Geburtstag. Quasi als Höhepunkt und Bestätigung seiner männlichen Stärke und sozialen Gesinnung übernimmt er spontan die Rolle eines Retters: Ein junges Mädchen, genauer eine junge Frau, ist dem Leben erhalten geblieben, ist dafür auch dankbar, wie es sich gehört. Die Öffentlichkeit ist voll des Lobes, das Städtchen stolz auf seinen Bürger. Für seine Karriere fast wie bestellt. Die Gerettete kann des Dankens nicht genug tun, identifiziert sich immer stärker mit dem Retter. Man ist geschmeichelt, möchte dem «armen Ding» auch gern helfen, denkt an Kindermädchenaufgaben, scherzt, mahnt auch, nichts zu übertreiben. Das Mädchen rückt immer näher heran, schafft «Wir-Bindungen», sorgt für häufige Begegnungen, stellt räumliche Nähe her, stellt Ansprüche, löst jetzt auch vielfältige Gefühle aus: Zu Stolz und Großmut gesellen sich Mitgefühl und ein bißchen Phantasieerotik, bald auch Ärger und aufkeimende Angst, die sich steigert, als aus dem armen Ding *die Klette* wird, als plötzlich die Fundamente zu wanken drohen, auf der die gutsituierte Existenz beruht: Die Beziehungen in der Familie verlieren die Selbstverständlichkeit einer absoluten Vertrautheit, Zweifel und Eifersucht beginnen zu nagen, Abwehr geht in Verteidigung und Rechtfertigung über, der Beruf verliert seine Eigenschaft als Erfolgsgarant, die Studenten werden unzufrieden, stellen die bewährte Ordnung von Oben und Unten auf den Kopf, die Kollegen beginnen, sich zu distanzieren, die Karriere droht zu platzen, alle persönliche Macht scheint zu schwinden, man ist nicht mehr Herr der Ereignisse, sondern ihr Opfer, eine an Fäden geführte Marionette, das «Gefühl der Identität auf Grund des Erlebens seiner selbst als Subjekt und Organ der Eigenkräfte» (Erich Fromm) ist verloren, die Abwehrkräfte brechen zusammen, Hanns wird krank. Das sieht nicht nach Ausweg aus, das scheint eher der Anfang eines unausweichlichen Weges und ebenso peinlichen wie tragischen Endes zu sein.

Ist das übertrieben? Und wenn nicht: Habt Ihr das verdient? Ist das so unabänderlich, versagt da unsere menschliche Gerechtigkeit? Mir stellt sich der Begriff der Schuld hier auf den Kopf. Du sollst ein schlechtes Gewissen haben, wenn Du Dich wehrst? Lädt nicht die Klette die größere Schuld auf sich, indem sie ihr «Opfer» schuldig werden läßt? Schuldig der Belästigung, der aggressiven Phantasie, der Nötigung, vielleicht auch der Gewaltanwendung, schuldig aber auch der Selbsterniedrigung, der Selbstzerstörung? Die Frage stellen heißt sie auch bejahen: Wer mich reizt, der muß damit rechnen, daß ich mich verteidige. So sieht es jeder ordentliche Polizist, der knüppelschwingend eine gewalttätige Demonstration auflöst. Seine Welt ist in Ordnung. Das ist die klare Antwort im Naturrecht. Das entspricht auch unserem natürlichen Selbsterhaltungstrieb. Jedes Tier verteidigt sein Revier, wenn ein Fremdling eindringt, verteidigt ganz besonders seine Brut, wenn sie von einem Feind bedroht wird. Warum sollte das beim Menschen anders sein?

Aber andererseits sind wir auch über das Niveau der durch Instinkte gesteuerten Tiere hinausgewachsen, sind noch sozialisationsfähig in einem Ausmaß, wie es sonst kein Lebewesen kennt. Wir besitzen als Menschen auch die Fähigkeit, diesen «natürlichen» Ausgleich von Kraft durch Gegenkraft zu überwinden. Ist nicht Moral etwas, das uns im Sinne einer höheren Synthese über die einfache und oft allzu einfache Logik des Selbsterhaltungstriebes hinaushebt?

Ich kann Euch nur dringend bitten, die Kontrolle über Euch zu behalten. Denkt daran, daß gerade Ihr besonnen handeln müßt. Daß man Euch, wenn was auch immer geschieht, als unmittelbar Betroffene besonders schnell verdächtigen wird, auch wenn es gar nicht berechtigt sein sollte. Ein Außenstehender ohne offensichtliches Motiv hätte es da leichter. Dein Phantasien, Hanns, zum Stein zu greifen, sind nur zu verständlich und mögen abstrakten Kriterien von Recht und Gerechtigkeit auch standhalten. Hier in dieser doch auch von Dir so geschätzten Gesellschaft aber finden sie keine Rechtfertigung und kein Verzeihen. Wohl aber gute Kriminalisten wie Staatsanwälte, die jedes Alibi zerfetzen und jedes kleinste Beweisstück finden werden.

Nein, der Schlüssel für Euer Problem muß in der Persönlichkeit der Klette zu finden sein, in den Bedürfnissen, die ihr Verhalten steuern, den Möglichkeiten, die in ihr angelegt (oder ihr anerzogen) sind und die der Entfaltung harren, in den moralischen Qualitäten, die in jedem «gesunden» Menschen schlummern, wie es uns die Humanistische Psychologie immer einflüstert. Die «innere Natur» des Menschen, sagt z. B. Abraham Maslow, sei eher gut als böse, und man müsse sie nur fördern und ermuntern, um ein gesundes, ergebnisreiches und glückliches Leben zu gewährleisten (an die «Verhältnisse», die eben nicht immer so sind, scheint er dabei freilich nicht gedacht zu haben!).

Ich greife versuchsweise einen anderen Gedanken von Maslow auf, der ihn über die Grenzen der Persönlichkeitspsychologie hinaus bekannt gemacht hat. Die Bedürfnisse des Menschen, meint er, ließen sich in fünf große Kategorien zusammenfassen, die hierarchisch angeordnet seien. Jede dieser Bedürfnisklassen hätte erst dann eine Chance, verhaltensbestimmend zu werden, wenn die unter ihr liegenden hinreichend befriedigt seien. Bei aller Vorsicht, die geboten erscheint, dürfen wir annehmen, daß sich Ann-Kristins lebensbestimmendes Motiv z. Z. in der Mitte der Pyramide einordnen läßt. Physiologische Grundbedürfnisse und Sicherheitsbedürfnis sind zufriedengestellt, aber der Anlehnungswunsch, die Sehnsucht nach Kontakt, nach Identifikation und zwischenmenschlicher Begegnung und Nähe ist bestimmend, ja überwertig, seine Überwindung damit überfällig. Sollte es nicht möglich sein, die Vorherrschaft dieses Motivs aufzuheben, indem man dem nächsthöheren Motivbereich das Futter reicht? Maslow nennt als nächste Klasse das Bedürfnis nach Anerkennung. Könnte nicht die Möglichkeit bestehen, durch Erfolge in der HÖV, im Sportverein oder wo auch sonst die Interessen der Ann-Kristin vom Beziehungsbereich auf das Thema der gesellschaftlichen Anerkennung ihrer Leistungen, ihrer Rollenausübungen zu lenken, und schließlich auf die Entfaltung ihrer Anlagen, auf die Verwirklichung ihres Selbst? Wenn schon eine therapeutische Aufarbeitung auf ihren Widerstand stößt, wie es ja den Anschein hat, müßte man solche äußeren Manipulationen doch wenigstens versuchen. Gute Noten wären dann die bessere Strategie als schlechte, die sie offensichtlich nicht vertreiben können. Eine behutsam gelenkte Wahl zur Studentenvertretung, eine Vorstandsmitgliedschaft im Sportverein, die Sprecherrolle in einer lokalen Bürgerinitiative – das wären die anzustrebenden Ziele!

Zugegeben, das sind nur die Gedanken eines vom Ort des Geschehens weit entfernten Psychologen, die im Alltag kaum unmittelbar in konkretes Handeln umgesetzt werden können. Aber vielleicht hilft doch das Vorführen eines solchen Modells, aus dem selbstzerstörerischen Kreis der Gedanken an Gewalt und Gegengewalt herauszukommen.

Daß Ihr auf meine absolute Verschwiegenheit vertrauen könnt, daß Ihr meiner steten Zuneigung und Unterstützung sicher sein könnt, was auch geschehen mag, dessen sollt Ihr sicher sein, wie auch umgekehrt ich mir die Zusicherung dieser Gewißheit wünschte. Ich hoffe sehr auf ein baldiges und erleichterndes Ende Eurer Qual.

Euer Alex

Hochschule für Öffentliche Verwaltung
Bramme – Der Präsident

12. 1. 83

Vermerk
Ich hatte heute ein eingehendes Gespräch mit Frau A.-K. Angeleidt aus der AVD 4/82 B. Anlaß war das Schreiben von 22 Studenten dieser Studiengemeinschaft an mich, in dem sie über den Unterricht des Kollegen Lachmund Beschwerde führten wie auch über die ihrer Ansicht nach übertriebenen «Sympathiekundgebungen» der Studentin L. gegenüber, die Lehrveranstaltungen und Arbeitsklima nachhaltig störten.

Frau A. war völlig unzugänglich und hat lediglich und wiederholte Male ihre Auffassung vertreten, daß sie für ihre Privatangelegenheiten selbst zuständig sei. Ihre Beziehung zu L. ginge niemand etwas an. Ich hatte den Eindruck einer starken Fixierung. Auf die Vorhaltung, 22 ihrer Kommilitonen hätten Einwände gegenüber ihrem Verhalten in den Lehrveranstaltungen erhoben, antwortete sie mit dem Hinweis, diese «spießigen» Kollegen und v. a. die Kolleginnen seien nur neidisch auf ihre Vertrauensbeziehung zu einem Dozenten. Im übrigen könnten die doch nichts Konkretes beweisen; die – wörtlich – «sollten sich mit ihrem Zeitunglesen und Quatschen im Unterricht erst mal selbst anklagen.» Behauptungen, Koll. Lachmund hätte sie während der Lehrveranstaltung bei Benotungen oder auf andere Art ungerecht behandelt, wies sie mit aller Entschiedenheit zurück (L. selbst hatte sie mir in einem Gespräch unter vier Augen zugegeben).

Ich habe Frau A. auf ihre Pflichten zu einem ordnungsgemäßen Verhalten und etwaige beamtenrechtliche Konsequenzen hingewiesen.

HL.

Aus dem Tagebuch der Ann-Kristin Angeleidt

12. 1. 83

Ich habe schon lange nichts mehr in mein Tagebuch eingetragen, aber jetzt muß ich das mal wieder, weil ich dann besser über mich nachdenken kann.

Uli ist seit Tagen wieder in der HÖV. Ich war sehr erschrocken, als ich ihn gesehen habe. Er ist dünner geworden, ich möchte fast sagen abgemagert. Seine Augenränder sind dunkel und die Backen eingefallen, und er ist blaß. Traurig wirkt er und irgendwie kaputt. Eigentlich war ich ganz siegesbewußt und fröhlich, als ich im Hörsaal auf ihn gewartet hab. Ob er sich ärgert oder freut, daß er mich wiedersieht? Ich war sicher, daß er mir einen anerkennenden Blick zuwerfen würde, und ich wollte ihm zurückzwinkern. Schließlich mußte er zugeben, daß ich gewonnen hatte. Und daß ich sogar anständig war und auf den Abschiedsbrief verzichtet hatte, mit dem ich ihn reinreißen wollte. Das war ja auch nur ein Schreckschuß; ich hatte ja gar keinen geschrieben.

Aber da wußte ich auch noch nichts von dem Brief, den die Idioten aus meiner Studiengruppe an den Präsidenten geschickt hatten. Das muß Uli hart getroffen haben. Und so ist er dann auch reingekommen, fast wie ein gebrochener Mann, der sich vor seinen Studenten entschuldigen muß! Ausgerechnet der Fachbereichssprecher Lachmund, der sonst wie ein freundlicher, aber strenger Vater auftrat.

Mir ist da zum erstenmal der Gedanke gekommen, daß ich mich vielleicht verrannt hab. Bin ich denn nicht schuld an dieser Entwicklung? Mir sind richtig Tränen in die Augen gekommen, als Uli zu reden angefangen hat, ungefähr so: «Meine Damen und Herren, ich möchte Ihnen zunächst ein erfolgreiches und von Frieden und Ausgleich gekennzeichnetes Jahr 1983 wünschen. Ich habe zur Kenntnis genommen, daß Sie mit meiner Unterrichtsführung unzufrieden waren und dem Herrn Präsidenten gegenüber den Wunsch geäußert haben, mich durch einen anderen Dozenten zu ersetzen. Ich habe mit dem Präsidenten besprochen, daß wir von einem Wechsel absehen wollen, weil ich erst eine Chance haben möchte, Ihr Vertrauen zurückzugewinnen. Ich denke, daß auch Sie mir diese Chance geben sollten. Erst wenn es mir nicht gelingen sollte, Ihren Erwartungen an einen Zivilrechtsdozenten zu genügen, würde ich eine persönliche Konsequenz für angemessen erachten. In diesem Falle würde ich dann selbst dem dafür übrigens zuständigen Fachbereichsrat den Vorschlag für einen personellen Wechsel unterbreiten. Tief betroffen hat mich im übrigen, daß Sie eine der unmenschlichsten Seiten der Bürokratie so unkritisch übernommen haben, als Sie davon sprachen, einen Dozenten aus Ihrem Lehrplan «entfernen» zu wollen. Das ist die Sprache, die es auch ermöglicht, menschliches Leben als wertlos zu bezeichnen, wenn es nicht mehr für die Ziele der Mehrheit verwertbar ist, oder die Kritiker politischen Tuns als Ratten und Schmeißfliegen zu titulieren, wenn sie mit Argumenten nicht mundtot zu machen sind.»

Als dann jemand «Na und?» sagte und andere dazu kicherten, ist Uli kaum merklich zusammengezuckt und hat nach einer kurzen Pause mit dem Unterricht begonnen, als ob nichts wäre. Er hatte keine Kraft mehr, sich zu wehren. Oh, wie war ich in diesem Moment erschrocken über das, was ich da angerichtet hatte! Ich habe das nicht gewollt! Nein! Uli, ich liebe Dich wie einen Vater, wie einen Freund, und in meinen Träumen auch wie einen starken Mann und Liebhaber, mit dem ich jede Stunde teilen möchte. Glaub mir das bitte!

Aber ich muß zugeben, es scheint mir auch gefallen zu haben, wie er immer unsicherer wurde und zu strampeln begonnen hat. Es war schön für mich, mit ihm zu spielen, indem ich um ihn gekämpft habe. Er sollte *auch* mal Angst haben und zittern!

Natürlich habe ich extra so wenige Tabletten genommen, daß ich wußte, mir passiert schon nichts. Und wie stolz war ich, als ich gemerkt habe, daß er immer gewagtere Tricks versuchte, um mich abzuschütteln. Mein Gott, es ist halt auch berauschend, wenn man sieht, wie man einen erwachsenen Mann zappeln lassen kann. Bin ich deswegen schon eine Sadistin? In unserem Lehrbuch steht, Sadismus ist die Leidenschaft, «absolute und uneingeschränkte Herrschaft über ein lebendes Wesen auszuüben». Trifft das auch schon auf mich zu? In was habe ich mich da nur hineinziehen lassen!? Nein, ich bin selber der aktive Teil gewesen.

Was hat Uli als nächstes vor, wie weit geht er? O Gott, ich male mir jetzt immer öfter aus, daß er mir wirklich was antun könnte. Das macht mir angst. Vielleicht hätte ich doch den Rat von Uta ernst nehmen sollen und zu einem Psychiater gehen. Aber ich bin doch auch nicht verrückt! Was ist denn daran so krankhaft, sich in einen Menschen zu verlieben und nicht von ihm zu lassen?

Heute war ich beim Präsidenten. Wegen des Briefes der Studenten. «In einer vertraulichen Angelegenheit». Ich habe so getan, als ob mich das alles nicht berührt. Aber in Wirklichkeit bin ich im Moment völlig durcheinander, wie in einem Vexierbild, das sich ständig ändert, mal so und mal so. Hätte ich nicht längst von Uli lassen müssen, wenn ich ihn wirklich liebe? Was kann er denn dafür, wenn mein eigener Vater mich so tief gekränkt hat. Will ich etwa gar Rache an meinem Vater nehmen, indem ich Uli fertigmache?

Aber wenn ich so eine Sadistin wäre, hätte ich doch auch nicht solche heftigen Gefühle in mir? Warum sitze ich dann stundenlang am Fenster und warte, ob er nicht mal kurz zu sehen ist? Und gehe mit dem ollen Köter von Frau Kühnemann spazieren, weil ich ihm dann vielleicht begegne, oder wenigstens Uta. Ja, ich freu mich sogar, wenn ich seine Frau sehe, obwohl das doch eigentlich Quatsch ist. Aber irgendwie habe ich sie mit lieb, wenn ich ihn lieb habe, und die Kinder sowieso. Ich kann doch nicht bei ihnen in der Besucherritze wohnen. Da würde ich mich aber am wohlsten fühlen.

Uli kann mich ja auch gar nicht lieben, er hat ja gar keinen Grund, aus seiner Familie abzuhauen, was bilde ich mir denn nur manchmal ein. Bei seiner Stellung und seinen Aussichten! Obwohl ich andererseits sagen muß, Uta ist ja auch alles andere als attraktiv, sondern schon etwas abgeschlafft, nicht gerade total natürlich. Und er hat mich oft so angesehen, daß ich da etwas gespürt habe. Auch sein Freund hat mich ja gelobt, was das betrifft. Und ob sich Uta und Uli sonst noch viel zu sagen haben? Ich glaube kaum, man merkt es jedenfalls nicht. Also doch eine Chance?

Ich werd noch wahnsinnig! Wäre ich doch bloß nach Sri Lanka gezogen. Aber das hat ja in letzter Minute nicht geklappt mit dem Visum. Vielleicht ganz gut; womöglich hätte ich sonst noch angefangen, der Elke ihren Gerd wegzuschnappen, wenn ich so veranlagt bin.

Ich muß jetzt etwas tun. Ich glaube, ich entscheide mich dafür, Uli erst mal für längere Zeit in Ruhe zu lassen. Ich kann ja meine Friedens-AG wieder aufziehen oder eine neue machen, der Reagan ist ja so bekloppt und rüstet immer weiter auf. Oder ich könnte in der ÖTV aktiv werden, wenn's mir zu langweilig wird, jetzt ist ja der Kluncker nicht mehr dran, mit der Wulf-Mathies kann man sich ja eher identifizieren. Zu tun hab ich also genug.

Ich werd das dem Uli auch bald sagen, wenn ich ihn allein erwische. Oder werde ich dann wieder schwach? Soll ich Papa schreiben und mich mit ihm aussöhnen?

Ach, Scheiße!

Auszug aus Uta Lachmunds Tagebuch
(Aufzeichnungen vom 18. Januar 1983)

Nun weiß ich definitiv, daß er von der Klette nicht mehr loskommen wird. Ein Glimmen war es ja schon immer, doch nun ist es ein emporschießendes Feuer geworden.

Ich registriere es mit kaum mehr Emotionen als bei Svenjas Masern. Es war ja zu erwarten gewesen.

Der Orkan in der Nacht vom 15. zum 16. hat im Trappenkamp viele Bäume umgeknickt oder entwurzelt, unter anderem auch die alte Kastanie, die ihm bislang den Blick in Ann-Kristins Mansardenzimmerchen verwehrt hatte.

Er muß seine neue Chance bald erkannt haben, denn als ich vorhin die Weihnachtssachen wieder auf den Speicher bringen will, entdecke ich ihn am Giebelfenster. In der linken Hand ein Nachtglas, benutzt er die rechte, die Hose dazwischen, als Scheidenersatz, völlig verzückt. Seine Ejakulation gerät so heftig, daß er sich an einen Balken klammern muß ... Da entdeckt er mich.

Ein schrecklicher Augenblick.

Ich fühle mich nicht anders, als hätte ich ihn direkt beim Ehebruch entdeckt. Er sieht sich sicherlich wieder in der beschissenen Rolle des pubertierenden Knaben, den die Mutter erwischt.

Es ist nicht nur unsagbar peinlich für uns beide, sondern auch in hohem Maße erniedrigend.

Jetzt muß gehandelt werden!

«Brammer Tageblatt»
Freitag, den 21. Januar 1983

Frauenmord im Trappenkamp

Kurz vor Mitternacht ist die 20jährige Studentin Ann-Kristin Angeleidt, aus Bramme in unmittelbarer Nähe der Baustelle der neuen Bahnunterführung einem Mordanschlag zum Opfer gefallen. Wie die Kriminalpolizei mitteilt, konnte der mutmaßliche Täter wenig später am Haltepunkt Trappenkamp festgenommen werden. Über seine Person lagen bei Redaktionsschluß noch keinerlei Angaben vor.

Sonderkommission FM 1 / Bramme
Vernehmung Erwin Schultz vom 21. 1. 1983
Protokoll: KK Stoffregen

Der Beschuldigte gibt seinen Namen mit Erwin Schultz an, geb. 12. 12. 1923 in Ratowitz (jetzt VR Polen), wohnhaft in Bramme, Uppekamper Straße 8, Beruf: Hausmeister und Medienwart an der Hochschule für Öffentliche Verwaltung.

Die Vernehmung bezieht sich auf folgende Tatkomplexe:
1. Mord an Elfriede Armstorf am 19. 1. 1981 in Bramme
2. Mord an Dorothea Deinstedt am 12. 8. 1981 in Bramme
3. Mord an Vera Wangersen am 7. 4. 1982 in Bramme
4. Mord an Ann-Kristin Angeleidt am 20. 1. 83 in Bramme.

Zu den ersten drei Vernehmungsgegenständen legt der Beschuldigte nach anfänglichem Zögern ein volles Geständnis ab, das einer gesonderten wörtlichen Protokollierung unterzogen worden ist (s. Akte Bl. 17 bis 19).

Zu 4. bestreitet er trotz eingehender Vorhaltungen jede aktive Täterschaft.

Zur *Vorgeschichte* ergibt sich nach den vom Vernehmungspartner z. T. widersprüchlich und bruchstückhaft vorgebrachten Angaben folgendes Bild: Er ist 1923 als Sohn eines Gärtners geboren worden. Seine Mutter ist früh gestorben, genauere Datumsangaben seien ihm nicht verfügbar. Er sei von einer Freundin seines Vaters aufgezogen worden, die aber nie «richtig warm» mit ihm geworden sei, sondern ihn oft geschlagen und, wie ihm erinnerlich sei, auch gedemütigt habe. So soll sie ihn oft ausgelacht haben, wenn er entkleidet vor ihr stehen mußte; konstitutionsmäßig sei er damals ein «schmächtiger Pinsel» gewesen. Auch scheint ein sexueller Mißbrauch mit traumatischen Folgen nicht auszuschließen zu sein, wenn auch der Befragte hierzu nur sehr unklar Auskunft geben konnte (wollte?). Von 1929 bis 1937 habe er regulär die Schule besucht und anschließend eine Lehre als Kfz-Mechaniker absolviert, deren Abschluß allerdings wenige Wochen vor dem Prüfungstermin durch eine vermutlich sabotagemäßig zustande gekommene Explosion unmöglich gemacht wurde und bei der er am rechten Oberschenkel und am Hodensack Verletzungen erlitten habe. Dadurch sei ein mehrwöchiger Krankenhausaufenthalt verursacht worden. Er habe dann erst nicht wieder Fuß gefaßt und sei schließlich, kaum 18jährig, freiwillig zur Wehrmacht gegangen und habe noch den größten Teil des Rußlandfeldzuges einschließlich Rückzug mitgemacht. Er sei damals von der geschichtlichen Bedeutung A. Hitlers und vom «Endsieg» der Deutschen Wehrmacht überzeugt gewesen, habe auch schon als Schüler und Lehrling seine Freizeit ständig bei der Hitlerjugend verbracht, wo er sich als besonders aktives Mitglied hervorgetan habe. Dies habe sich auch in verschiedenen kleinen Ehrungen ausgewirkt, auf die er auch heute noch stolz sei. Die HJ-Zeit habe ihm in seiner Persönlichkeitsentwicklung viel Gewinn gebracht.

Nach dem Krieg habe er Glück gehabt und «im Schwarzmarkt mitgemischt», er habe «oft gute Karten in der Hand gehabt», da sei bis heute noch vieles unbekannt, was da geschoben und umgepackt und verdünnt worden sei etc. Er sei einer der «Kartenmischer» im Pharmasektor gewesen, auch wenn er «von dem Zeugs» nichts verstanden hätte, «nur den Preis». Mit einigen Gelegenheitsarbeiten bei «neuen Bonzen» und bei den «Gastarmeen» habe er sich ein paar gute Zeugnisse verschafft. Er habe denen auch «andere Sachen» (Befragter macht dazu eindeutige Bewegungen) vermittelt. Er habe es damals gelernt, «anderen Leuten Zentimeter für Zentimeter in den Arsch zu kriechen und sich zu holen, was er brauchte». Die Zeugnisse seien ihm sehr hilfreich gewesen bei der Bewerbung für eine Meisterstelle in einem großen Elektro-Konzern. Bei der Bewerbung habe er eine Gesellenprüfung – wie er sich ausdrückte – «irrtümlicherweise» angegeben, da er sonst die Stelle nicht erhalten hätte.

1955 habe er die 12 Jahre jüngere Galina Jettmann geheiratet. Die Ehe sei schwierig verlaufen und kinderlos geblieben. 1967 habe er als Betriebsratsmitglied freigestellt werden sollen, was für ihn eine «große Sache» gewesen wäre, mit der er nie gerechnet habe. Bei dieser Gelegenheit habe es aber «irgendso ein Kissenpuper aus der Personalabteilung» aufgedeckt, daß seine Gesellenprüfung eine Ente gewesen sei. Ihm sei darauf gekündigt worden. Er habe aber wegen seiner unbestreitbaren Verdienste um die Firma und weil er als Meister immer geachtet gewesen sei, eine «saftige» Abfindung erhalten, über die er nie habe sprechen sollen. Die Scheidung von seiner Frau sei dann 1970 15 Jahre nach der Hochzeit erfolgt auf Betreiben seiner Frau (s. u.). 1973 sei er zum erstenmal wegen einer erfolgten Vergewaltigung vor Gericht gekommen. 1978 sei er vorzeitig entlassen worden und habe schnell die Hausmeisterstelle an der HÖV erhalten, worüber er sehr froh gewesen sei. «Medienwart» sei vielleicht ein bißchen geschminkt, er habe eben immer für genug Rollen in den Overhead-Projektoren zu sorgen und die Pinnwände in die Hörsäle zu bringen, wo sie gebraucht würden. Für die Video-Anlage würde man ihn leider nicht einsetzen. 1981 sei es dann zur ersten Tötung gekommen, der zwei weitere gefolgt seien.

Einlassungen zum Motiv-Hintergrund

Seinen ersten GV habe er während des Rußlandfeldzuges gehabt. Er sei von einer russischen Sanitätshilfskraft, die seine Beine habe massieren sollen, gereizt worden, er habe aber «abgelegt», bevor es zu einer eigentlichen geschlechtlichen Vereinigung gekommen sei (Befragter meint vermutlich eine vorzeitige Ejakulation). Die «Zische» habe ihn ausgelacht, und das habe ihn sehr gekränkt. Er habe später häufig Beziehungen zu Prostituierten gehabt, mit denen er ja auch bei den «Bonzen» ein und aus gegangen sei, weil er sie immer als seine Ehefrauen habe vorstellen müssen.

Über seine Heirat sei er sehr glücklich gewesen, es sei auch anfangs alles gutgegangen. Als aber keine Kinder gekommen seien, habe seine Frau ihm heftige Vorwürfe gemacht und ihn wegen seiner «kaputten Nudel» (meint vermutlich die erwähnte Hodenverletzung) einen Krüppel genannt. Es sei dann zu regelrechten Verhöhnungen gekommen, die Sch. aber wegen der befürchteten nachteiligen Folgen für seine berufliche Stellung, wenn die Kollegen davon erführen, immer erduldet habe. Einmal habe sie ihn dazu gebracht, sich vor ihr zu entkleiden, und sie habe dann plötzlich eine Freundin gerufen, die sich hinter dem Vorhang versteckt gehalten hatte, und die beiden Frauen hätten ihn dann gemeinsam verspottet und ausgelacht. Er habe sich ihrer zu erwehren versucht, sei sich aber in seiner Lage hilflos und lächerlich vorgekommen, sonst hätte er sie «zusammengeschlagen». Damals habe er einen intensiven Tötungswunsch in sich gespürt.

Nach der beruflichen Katastrophe habe er dann häufiger tätliche Auseinandersetzungen mit seiner Frau gehabt, die sich ihm aber immer geschickt entzogen habe. Sie habe sich auch immer neue Gemeinheiten ausgedacht, um ihn zu demütigen.

In dieser Zeit habe er öfter überlegt, ob er sich tätowieren lasse, weil er das bei anderen Männern immer «stark» gefunden habe. Er sei sich aber letztlich nicht sicher gewesen, ob es bei ihm nicht doch noch zusätzlich lächerlich gewirkt hätte. Da habe er sich einmal an seiner Frau gerächt, indem er ihr im Schlaf ein «Brandzeichen verpaßt» habe. Das habe dann auch beschleunigt zur Scheidung beigetragen.

Nach der Scheidung habe es «sexuell traurig ausgesehen», weil er es nie richtig angefangen habe. Er habe sich dann aber mehrere Frauen zu Willen machen können, indem er ihnen «grausame Strafen durch böse Mächte» angedroht habe, wenn sie sich ihm entzögen, was diese ihm geglaubt hätten. Als Beweis für seine Verbindung zu diesen Mächten habe er sich immer kurz vor einem Kontakt magische Zeichen auf die Brust und auf die Oberschenkel gekratzt, die bei ihm auffällig lange zu sehen gewesen seien, bevor sie dann plötzlich wieder verschwanden (vermutlich Dermographismus).

Einmal hätte sich eine «Zische» aber davon nicht beeindrucken lassen, an der ihm viel gelegen habe. Da sei es dann zum Prozeß gekommen. Im Knast habe er dann Tätowierungsmethoden kennengelernt, die für eine schnelle Wirkung geeignet seien, allerdings oft zu Entzündungen führten und dann wieder verschwänden, höchstens kleine Narben zurückließen. Er habe sich vorgenommen, damit seine sexuellen Partnerinnen noch mehr von sich abhängig zu machen, indem er sie durch magische Zeichen in den Kreis der Mächte einbezog. Er habe sich dazu einen Stempel konstruiert, den er unauffällig mit einer ätzenden Flüssigkeit tränken und dann seinen sexuellen Partnerinnen verpassen könne.

Aber gleich die erste «Zische» nach seiner Umsiedlung nach Bramme am Ende der Knastzeit habe sich ihm verweigert und ihn wieder wegen seiner Verletzung ausgelacht. Im Knast habe sich sein sexuelles Bedürfnis aber zu einem «unheimlichen Trieb» ausgeweitet, von dem er sich trotz entsprechender Versuche nicht habe befreien können. Er sei deswegen «fast wahnsinnig» geworden, als er beim ersten Kontakt alleingelassen worden sei. Er habe sie daher bewußt an einer geeigneten Stelle abgefangen und sei über sie hergefallen, um «es mit ihr zu machen». Als er gemerkt habe, daß sie durch sein Würgen nicht nur gefügig und still wurde, sondern «abzog», sei er erschrocken gewesen und habe ihr «zur Entschuldigung und als ewige Erinnerung» die Zeichen aufgedrückt (vgl. das getrennt protokollierte Geständnis).

Das habe so gut geklappt und sei ja auch nicht rausgekommen, daß er sich nach einem halben Jahr ein neues Opfer ausgesucht habe, das er gar nicht erst vorher angesprochen habe. Und auch bei der dritten Frau sei es so gewesen.

Zum Mordabend im Fall Angeleidt

Nach längerem Verhör und offensichtlichen Verstrickungen hat der Beschuldigte zugegeben, am Abend des 20. 1. 83 der Ann-Kristin Angeleidt hinterhergefahren zu sein. Er habe sie schon seit ein paar Monaten in der HÖV gesehen und herausbekommen, wo sie wohne. Sie habe genau seinem Typ entsprochen, weil sie «so lieb und traurig» blickte. Er gab auch zu, ihr schon an anderen Tagen nachgestellt zu haben. An diesem Abend sei es wegen des milden Wetters besonders günstig gewesen und er hätte sie sicher «genommen», wenn ihm nicht jemand zuvorgekommen wäre. Er habe gegen 22 Uhr 30 beobachtet, wie sie von der Bundschuhstraße in den Trappenkamp eingebogen sei, der in Richtung Bahndamm führt, ca. 70 bis 100 Meter parallel zu den Gleisen verläuft und dann unter ihnen hindurch fortgesetzt wird bis zur Neubausiedlung Uppekamp. Er sei langsam die Bundschuhstraße weitergefahren, um sich einen Parkplatz zu suchen. Er habe dann einen «Herrn» auf dem Weg hinter ihr herlaufen sehen, fast rennen, der sie ungefähr zwischen dem Restaurant Ritter-Stuben und dem Bahndamm eingeholt habe. Sie habe ihn offenbar gekannt, denn sie habe nicht sehr abweisend gewirkt, obwohl man das auf die Entfernung hin nicht so genau habe sehen können. Die beiden hätten sich dann ein Weilchen unterhalten, seien dabei immer hin und her gelaufen, und schließlich habe der Herr versucht, sie zu umarmen. Er, Schultz, sei innerlich deswegen sehr erregt gewesen und habe sofort weggeschaut. Er sei in langsamem Tempo noch einmal um die Sternen-Siedlung gefahren in der Hoffnung, die Angeleidt dann wieder allein anzutreffen. Als er wieder am Trappenkamp angekommen sei, habe er zunächst niemanden mehr gesehen. Er habe sein Auto geparkt und sei schnell an der Baustelle vorbei über die Wiese zum Weg gelaufen, um vielleicht doch noch etwas von der «Zische» zu entdecken. Er habe sie dann in der Nähe der Unterführung liegen sehen und habe sich zu ihr herabgebeugt. Er habe sie aus dem Schatten herausgezogen, um festzustellen, ob sie noch lebe, und habe dann eine plötzliche Angst bekommen und sich umgedreht. Da habe er den Fahrer des Nachtbusses nach Uppekamp aus seinem Bus steigen und auf ihn zulaufen sehen. Er sei dann erschrocken weggerannt und vom Busfahrer bald nach der Unterführung eingeholt worden.

Schultz betont immer wieder, mit diesem Mord wirklich nichts zu tun zu haben. Sonst käme es ihm ja auf ein Geständnis mehr oder weniger auch nicht an.

Auf die Vorhaltung, warum er dann bei Auftauchen des Busfahrers weggerannt sei, meinte Sch., er habe plötzlich Angst gehabt, man könne ihn wegen der anderen Morde verdächtigen, und so sei es ja auch gekommen. Jetzt sei ihm klar, daß er eher «eine Chance» gehabt hätte, wenn er geblieben wäre.

Die angeblich beobachtete Person schilderte Sch. als ca. 1,80 m groß, im mittleren Alter, sehr aufrecht gehend. Auf die Frage, warum er mehrfach von einem «Herrn» gesprochen habe, meint der Beschuldigte, die beobachtete Person habe auf ihn «wie einer aus feinen Kreisen» gewirkt. Er wisse nicht, woran das liege, vielleicht «an der Art zu gehen». Auf intensives Befragen, ob er ihn erkannt habe, bestritt er dies heftig. Es sei dunkel gewesen und die Entfernung zu groß.

Nach seiner Beziehung zu Herrn Prof. Dr. Lachmund befragt, gab Schultz an, er kenne ihn von der HÖV und habe ihn immer als einen vornehmen Menschen erlebt, der sich auch nie gescheut habe, mit seinesgleichen (also mit ihm, Schultz) ein Wort zu reden. Ob er ihn erkannt hätte, wenn dieser der Beobachtete gewesen sei, wisse er nicht, er nehme es aber eigentlich doch an.

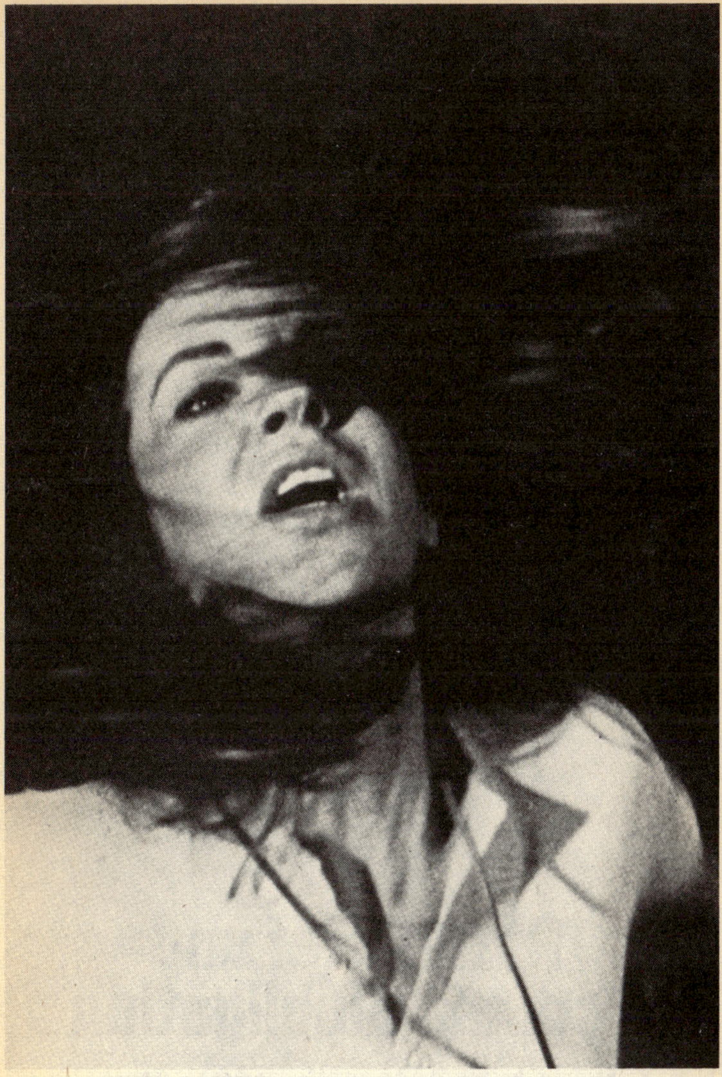

«Alle Leidenschaften sind . . .

... nur verschiedene Grade der Wärme und der Kälte des Blutes», hat La Rochefoucauld gemeint. Und bei extremen Temperaturen kann es schon mal kriminell werden. Wohl dem, der – nicht lau, aber schlau – alles in die richtigen Bahnen lenkt: seine Gefühle, seine Taten, seine Mittel.

Sonderkommission FM 1 – Bramme

Auszug aus der Vernehmung von Prof. H.-U. Lachmund
durch Kriminalhauptkommissar Kämena
und Kriminalkommissar Stoffregen

am 22. Januar 1983

(Leicht gekürzte Abschrift des Tonbandprotokolls)

Kämena: Fahren wir also da fort, wo wir vorhin aufgehört haben ...

Stoffregen: Ja, inzwischen gibt es schon drei Zeugen, die Sie bei der Tat beobachtet haben ...

Kämena: Sagen wir lieber, beobachtet haben wollen. Mir ist das alles so furchtbar peinlich, Herr Professor, aber ...

Lachmund: Ich bitte Sie!

Stoffregen: ... drei Zeugen, an deren Glaubwürdigkeit wohl nicht zu zweifeln ist – vor allem Zollrat Reimers, das ist ja nun wirklich ein geschulter Mann ...

Lachmund: Über die Fragwürdigkeit von Zeugenaussagen sind ja nun schon ganze Bände vollgeschrieben worden.

Stoffregen: Zollrat Reimers erscheint mir absolut zuverlässig, ebenso der Wirt der Ritter-Stuben, dieser ... äh ... Popkenhöge, Karl-Heinz Popkenhöge.

Lachmund: Reimers hatte den ganzen Tag Dienst in Bremerhaven, der wird todmüde gewesen sein, und daß Popkenhöge Alkoholiker ist, das weiß ja nun wirklich ganz Bramme.

Stoffregen: Nun sagen Sie bloß noch, daß die dritte Zeugin 'n grauen Star hat und nachts fast blind ist.

Lachmund: Frau Kühnemann? Na, sicher!

Kämena: So kommen wir doch nicht weiter, meine Herren!

Stoffregen: Es werden sich bestimmt noch andere finden, die ...

Kämena: Herr Dr. Lachmund, bitte ... Mal ganz von Mensch zu Mensch: machen Sie's uns doch nicht so schwer. Sie quälen sich doch nur unnötig! Wenn Sie jetzt ein Geständnis ablegen, dann ...

Lachmund: Ich habe kein Geständnis abzulegen!
Kämena: Mal muß es doch raus! Es ist doch dann auch eine Erleichterung für Sie . . .
Lachmund: Mein Gott, ich habe Ann-Kristin nicht umgebracht!
Stoffregen: Aber Zollrat Reimers hat doch ganz genau gesehen, wie Sie mit ihr gekämpft haben.
Lachmund: Ich habe nicht gekämpft mit ihr – ich habe sie nur umarmt!
Stoffregen: Haha, nachdem Sie sie monatelang mit Morddrohungen überhäuft hatten.
Lachmund: Ja, vielleicht gerade deswegen. Was verstehen *Sie* denn davon . . .!?
Stoffregen: Den Ton lassen wir mal, ja!
Kämena: Bitte, meine Herren! Es tut mir wirklich leid, Herr Dr. Lachmund, aber die Aussage von Reimers ist nun mal so zu Protokoll genommen worden. Er hat gerade oben seine Velux-Fenster zugemacht . . .
Lachmund: Ja, in etwa zweihundert Metern Entfernung!
Stoffregen: Er hat Sie auch beide zu Boden stürzen sehen . . .
Lachmund: Wir sind beide weggerutscht – der lockere Schotter da . . .
Stoffregen: Vorhin haben Sie noch gesagt, Sie hätten da gleich an Ort und Stelle mit ihr bumsen wollen!?
Kämena: Stoffregen, ich bitte Sie! Entschuldigung, Herr . . .
Lachmund: Wahrscheinlich auch, ja, aber sie wollte das nicht, es war ihr peinlich, zu bäuerisch, zu wenig romantisch – verstehen Sie denn nicht, daß Ann-Kristin . . .
Stoffregen: Ich hör bloß immer: *Ann-Kristin*! Jetzt ist sie plötzlich immer nur Ann-Kristin – vorher war's für Sie nichts weiter als «die Klette» . . .!?
Lachmund: Zugegeben, ja, aber . . .
Kämena: . . . es ist also nichts geworden aus Ihrem Schäferstündchen am Bahndamm unten, soweit ist also alles klar. Die Kälte natürlich. Und dann?
Lachmund: Ich wollte mit zu ihr, aber das war ihr wegen ihrer Wirtin nicht recht. Und zu mir konnten wir natürlich nicht, meine Frau wäre ja bald nach Hause gekommen. Was blieb uns

also: Irgendein Hotelzimmer – möglichst weit weg von Bramme, wo uns keiner gekannt hätte. Ich kann doch nicht hier im Ort mit einer meiner Studentinnen ... Also bin ich nach Hause gerannt, um Geld zu holen, meine Papiere, 'n paar Sachen.
Kämena: Das heißt also, daß Sie in diesem Augenblick Ihre Frau und Ihre Kinder verlassen wollten?
Lachmund: ... Ja.
Stoffregen: Wer soll Ihnen das denn abnehmen!?
Lachmund: Als Ehemann und Vater dreier Kinder wird man in einem Maße ausgebeutet, das unerträglich ist – ich weiß nicht, ob Sie das verstehen ...
Kämena: Ja, ich schon, ich hab viere ... Und wenn dann so'n junges, knackiges Mädchen kommt ... Schon die Vorstellung, nur mal 'n Wochenende allein mit der zu sein. Ins Bett, wenn man Lust hat – ohne daß in dem Moment gerade eines der Bälger schreit, weil's die Treppe runtergefallen ist. Mal Arm in Arm spazierengehen, ohne das ewige Gezetere, mal 'ne Nacht schlafen, ohne daß 'n Kind auf der Besucherritze liegt!
Stoffregen: Sie hätten 'n prima Verteidiger abgegeben, Herr Hauptkommissar, wirklich! Es ist in der Tat genial, wie unser Beschuldigter hier versucht, uns aufs Glatteis zu führen. Da wird ein eiskalt geplanter Mord plötzlich zu einer ergreifenden Liebesszene! Toll! Da haben ihn zwei Zeugen, Frau Kühnemann und Herr Popkenhöge, vom Tatort weglaufen sehen – und was sagte er: Ich bin nur mal schnell nach Hause gelaufen, um Geld zu holen, meine Papiere, 'n paar Sachen ...
Lachmund: Wenn's doch aber so gewesen ist!
Stoffregen: In Ihrer Phantasie, ja! Und davon haben Sie ja 'ne Menge – siehe hier Ihren Plan, den mit der Überschrift «Überlegungen zum Abschütteln der Klette». Lag in Ihrem Schreibtisch.
Lachmund: Bei einem eiskalt geplanten Mord hätt ich den bestimmt da liegen lassen!
Stoffregen: 'n Fehler macht auch der Gescheiteste!
Kämena: ... da steht ja nun wirklich allerhand Belastendes drin bei Ihnen. So beim Punkt 2.3, wo Sie ehemalige Knackis anheuern wollen: «Der eine oder andere wäre sicher auch bereit, noch weiterzugehen ...»

Stoffregen: Und da sind Sie dann doch lieber selbst «noch weitergegangen» – denn das erspart Ihnen den Mitwisser, einen, der Sie später erpressen könnte.
Lachmund: Das waren doch alles nur Gedankenspiele! Wenn Sie sich mal in meine Lage versetzen ...
Stoffregen: Das tu ich ja schon die ganze Zeit, und deswegen bin ich ja auch so felsenfest überzeugt davon, daß Sie der Täter sind. Da ist Ihr Papier hier, da ist der Brief von Fräulein Angeleidt an Sie – haben wir ebenfalls gefunden –, daß Sie versucht hätten, sie mit dem Auto totzufahren.
Lachmund: Nicht totzufahren, nicht anzufahren: ich wollte ihr doch nur 'n gehörigen Schreck einjagen, sie sollte nur annehmen, daß ich ... Na ja!
Kämena: Leider haben wir auch Ihr Fahrtenmesser bei Fräulein Angeleidt im Zimmer gefunden, und es steht auch fest, daß die Schlaftabletten, mit denen sie ihren zweiten Selbstmordversuch unternommen hat, von Ihnen selbst in der Uranus-Apotheke gekauft worden sind.
Lachmund: Ja – es tut mir ja auch außerordentlich leid ... Ich bestreite meine Mordgedanken auch nicht; ich bestreite nur den Mord. Das eine beweist doch das andere nicht im allergeringsten.
Stoffregen: Für sich allein nicht, mit den drei Zeugenaussagen und den vielen Indizien zusammen aber schon.
Lachmund: Fragen Sie Hillermeier, der wird Ihnen bestätigen, daß ich zu allem fähig bin, nur zu einem Mord nicht!
Kämena: Natürlich werden wir Herrn Hillermeiers Aussage auch zu Protokoll nehmen, das versteht sich doch von selber. Ebenso wie wir Ihre Frau bereits ...
Stoffregen: Das entlastet Sie aber auch in keinster Weise. Der Gedanke war ja auch zu verlockend, die Klette umzubringen und das dann dem armen Schultz als vierten Mord in die Schuhe zu schieben.
Lachmund: Sicherlich war der Gedanke da – aber ein Gedanke ist noch lange nicht die Tat!
Stoffregen: Das haben Sie aber wirklich schön gesagt!
Kämena: Bitte, Stoffregen, keine Polemik beim Verhör!

Lachmund: Dann glauben Sie diesem Schultz also mehr als mir?
Stoffregen: Ganz schlicht und einfach: Ja! Was sollte er denn für einen Grund haben zu lügen? Doch nicht den allergeringsten. Die drei Morde, die er begangen hat, die hat er ja bereitwillig zugegeben – alle! Ob drei oder vier, das ist doch wirklich schnurzpiepegal für ihn: Lebenslänglich kriegt er sowieso, mit anschließender Sicherungsverwahrung. Eine mehr oder weniger, was soll's?
Kämena: Da können wir wirklich nichts machen, Herr Dr. Lachmund, das ist nun mal mehr als logisch. Sicher, Schultz gibt ja auch zu, daß er die Klette ... pardon, Fräulein Angeleidt tatsächlich schon lange im Visier gehabt hat ...
Lachmund: ... weil sie jeden Abend um unser Haus herumgelaufen ist, ja, damit hat sie ihn angelockt ... Mein Gott! Das ist doch der Schlüssel!
Stoffregen: Wie auch immer ...
Kämena: ... auch am fraglichen Abend ist Schultz ihr mit dem Auto hinterhergefahren, das geht ja am unauffälligsten – und zwar mit ganz eindeutigen Absichten. Sie sollte wirklich sein nächstes Opfer werden. Er saß ja auch schon auf dem Sprung an diesem Abend, sozusagen, aber da hat er dann gesehen, wie Sie sich mit Fräulein Angeleidt ...
Lachmund: Aha: Für ihn war das also ganz deutlich eine Umarmung – dasselbe, was für den Zeugen Reimers ein Überfall war! Ja, was denn nun?
Stoffregen: Das spielt doch aber im Augenblick nur eine untergeordnete Rolle, oder? Schultz ist jedenfalls einmal im Kreis herumgefahren – in der Hoffnung, Fräulein Angeleidt dann ohne Begleitung anzutreffen, wiederzutreffen ... Da aber hat er sie dann tot aufgefunden, erwürgt. Er raus aus seinem Wagen, um ihr zu helfen ...
Lachmund: Das ist doch lächerlich: Ihr zu helfen? Der Frau, die er eben noch umbringen wollte?
Stoffregen: Dieselbe Frau, die Sie ebenfalls umbringen wollten – und von der Sie jetzt behaupten, sie geliebt zu haben, ganz plötzlich und ganz heftig. Was dem einen recht ist, darf doch wohl dem anderen billig sein ...

Ja, nun sagen Sie wohl gar nichts mehr!
Außerdem galt der Schultz bei Ihnen an der HÖV als der hilfsbereiteste Mensch, den man sich nur vorstellen kann.
Kämena: So bedauerlich es ist, aber die Version von Schultz, die klingt wirklich sehr plausibel ...
Lachmund: Er selber hat doch Ann-Kristin umgebracht, begreift ihr das denn nicht?
Stoffregen: Nein, begreifen wir nicht! Wenn ja, dann hätte er es zugegeben wie bei den drei Morden zuvor. Und außerdem: Auf dem Körper des Opfers finden sich diesmal keinerlei magische Zeichen – und das war ja gerade die Spezialität von Schultz, seine Handschrift ...
Lachmund: Da wird er diesmal keine Zeit dazu gehabt haben. Ich denke, der Busfahrer ist gleich raus und ...?
Kämena: Der Heinrich Janssen, ja, aber da war ja noch die Baustelle zwischen.
Stoffregen: Das ging dann alles ganz schnell, schließlich ist Janssen bei uns im TSV der beste 800-m-Läufer – keine Chance für Schultz.
Lachmund: Immerhin muß ihn doch auch dieser Janssen für Ann-Kristins Mörder gehalten haben, sonst hätte er ihn doch nicht so intensiv gejagt und schließlich ja auch gestellt.
Stoffregen: Hat er, klar; aber wie oft soll ich's denn noch sagen: Schultz scheidet diesmal aus als Täter! Einmal hat er keinen vernünftigen Grund, es nicht zuzugeben, und zum anderen: Die Zeichen, die magischen Zeichen! Wäre es sein Opfer, dann wären sie drauf!
Lachmund: Herzlichen Dank dafür.
Stoffregen: Wofür?
Lachmund: Dafür, daß Sie mich jetzt praktisch von jedem Tatverdacht freisprechen.
Stoffregen: Wieso tu ich das?
Lachmund: Weil Sie diese magischen Zeichen zum Schlüssel machen, zur Schlüsselfrage. Wären sie auf dem Körper der Toten gewesen, hätte es nur einen Täter geben können: nämlich Schultz. Angenommen, ich hätte den perfekten Mord geplant: Was hätte ich da tun müssen?

Stoffregen: Die Zeichen auf dem Körper des Opfers hinterlassen – aber die kennen Sie ja nicht.

Lachmund: Doch: hier!
(Kurze Pause auf dem Tonband)

Kämena: Tatsächlich, das sind sie!
Stoffregen: Ja ...
Kämena: Woher haben Sie denn die?
Lachmund: Ich kenne sie jedenfalls.
Stoffregen: Pech für Sie, daß Zollrat Reimers Sie vorher gestört hat. Oder sind Sie in Panik geraten? Doch nicht kaltblütig genug ...
Lachmund: Mein Gott, ich war es nicht!
Kämena: Wir wissen doch, daß es reine Notwehr für Sie war, Herr Dr. Lachmund. Sie haben auch mein vollstes menschliches Verständnis dafür.
Lachmund: Ich will jetzt kein Verständnis, obwohl ich Ihnen natürlich dankbar dafür bin. Ich will mein Recht! Nach § 117 StPO verlange ich sofortige Haftprüfung.
Kämena: Sicher, ich werde mich sofort darum kümmern. Wollen Sie nicht am besten auch noch einen Anwalt einschalten?
Lachmund: Ja, Dr. Grünthaler aus Oldenburg.

Kalendereintragung von
Rechtsanwalt Dr. Rudolf Grünthaler
unter dem Datum 25. Januar 1983

13^{00} Haftrichter / Lachmund: Aussetzung des Vollzugs des Haftbefehles.
Auf § 116 StPO beharren: Fluchtgefahr bei L. ausgeschlossen.
§ 116a StPO: Als Bürgen Hirsch-Lampert und andere Professoren anbieten.
Mündliche Verhandlung nach § 118 beantragen?? Ist sicher günstig, weil L. ja eine imposante Figur ist (– war?)
16^{30} Dr. Täubner
Mit ihm auch Antrag Ehescheidung Uta Lachmund bespre-

chen. Warum kommt sie damit zu mir? Wäre mir lieb, wenn Täubner das übernähme.

Dörte noch Brief an Hillermeier diktieren!

Dumme Idee, aber könnte denn nicht auch dieser Hillermeier...?

Hochschule für Öffentliche
Verwaltung / Bramme
Fachbereich Allgemeiner
Verwaltungsdienst
– *Fachbereichsrat* FBR 1 –

9. 2. 83

Protokoll der außerordentlichen Sitzung
des Fachbereichsrates am 9. 2. 83

Anwesend: Abelein, Blomberg, Czaika, Frau Fächner, Herz, Hinrich, Rachling, Frau Sundhusen, Weber, Wendel, Zuchenhain
Kommissarische Leitung: Hirsch-Lampert
Nicht stimmberechtigt: Herz, Rachling
Beginn der Sitzung: 15 Uhr 15

Einziger TOP: Neuwahl eines Fachbereichssprechers
Der Präsident der HÖV Prof. Hirsch-Lampert erläutert die Situation nach Inhaftnahme von Prof. Lachmund und dessen vorübergehender Beurlaubung. Die Lehraufgaben von Herrn Prof. Lachmund werden für den Rest des Semesters von Lehrbeauftragten übernommen.

Von seinem Amt als Sprecher des Fachbereiches Allgemeine Verwaltung ist Herr Prof. Lachmund bereits mit Schreiben vom 23. 1. 83 zurückgetreten, so daß eine Neuwahl in jedem Fall erforderlich ist. Nachfolger als Mitglied im Fachbereichsrat ist Prof. Wendel, den der Präsident herzlich begrüßt.

Der Fachbereichsrat wählt in geheimer Wahl mit 7:1:1 Stimmen Herrn Prof. Wendel zum neuen Fachbereichssprecher. Dadurch wird eine Neuwahl des stellvertretenden Fachbereichssprechers notwendig. Gewählt wird mit 8:0:1 Stimmen Frau Prof. Sundhausen.

Der neue FB-Sprecher dankt seinem Amtsvorgänger für seine umsichtige und aufopfernde Amtsführung und wünscht ihm in Abwesenheit eine baldige und günstige Klärung seiner Situation.

Ende der Sitzung: 16 Uhr 10
Sitzungsleiter: Hirsch-Lampert
Protokoll: Röder

Rechtsanwalt Dr. Grünthaler
an
Alexander F. Hillermeier

Oldenburg, den 14. 2. 83

Sehr geehrter Herr Prof. Hillermeier,

unser gemeinsamer Freund bzw. Bekannter Hanns-Ulrich Lachmund, als dessen Rechtsanwalt und Verteidiger ich derzeit fungiere, hat mich gebeten, Ihnen baldmöglichst die nötigen Informationen zukommen zu lassen. Leider ist es mir noch nicht gelungen, eine Aussetzung seiner U-Haft zu erreichen, und so lautet seine Adresse auch weiterhin: Untersuchungshaft- und Aufnahmeanstalt (UuAA) Brammermoor. Es ist ein mysteriöser Fall, und die Justiz hier will sich wohl auf keinen Fall nachsagen lassen, «Professoren anders zu behandeln als Pennbrüder» (so wörtlich der Kollege Haftrichter). Generell ja auch sehr lobenswert, nur im Falle meines Mandanten weniger schön.

Wie ist der Sachstand? Drei Zeugen belasten ihn schwer, darunter ein hier hochverehrter Herr Zollrat. Der will einen Überfall von L. auf Frau Angeleidt beobachtet haben, hat dann aber nicht sofort 110 anrufen können, weil sein Sohn sich mit dem Telefon in seinem Zimmer verbarrikadiert hatte. Zwei andere Zeugen wollen L. gesehen haben, wie er nach der Tat die Flucht ergriffen habe.

Noch mehr belasten ihn die «mordstrategischen Papiere und Überlegungen», wie ich sie mal nennen will, die die Polizei bei ihm im Trappenkamp gefunden hat. Meine Hoffnung ist nur – so Andeutungen von ihm –, daß er Ihnen in seinen Briefen an Sie pausenlos versichert hat, alles nicht so ernst zu meinen.

Sollten Sie wirklich solche Briefe haben bzw. bei Ihrem Besuch hier in Bramme Töne dieser Art von ihm vernommen haben, so teilen Sie dies doch bitte sofort dem Haftrichter mit. Am besten aber, Sie kommen her und reden hier mit dem Richter und mit den Kripoleuten. Ich möchte auf alle Fälle verhindern, daß es zur Hauptverhandlung gegen L. kommt. Das sollte ihm wirklich erspart bleiben. Um den Brammer Frauenmörder wird es sicher wieder einen dieser fürchterlichen Sensationsprozesse geben, und daß L. da hineingezogen wird, erscheint mir nach Lage der Dinge völlig unvermeidlich. Das ist schon Strafe genug für ihn.

Dummerweise hat sich einer der mit der Untersuchung des Falles beauftragten Kripoleute total in L. verbissen (typischer Intellektuellenhaß unserer Polizeibeamten?). Ehrlicherweise muß ich Ihnen natürlich auch mitteilen, daß L. – rational, wissenschaftlich, logisch, nüchtern (oder wie immer Sie wollen) gesehen – *durchaus doch* der Täter sein könnte. Ich weiß es nicht. Wer außer ihm selber sollte es wissen?

Sie kennen ihn wesentlich besser als ich. Wir sollten uns also auf alle Fälle baldmöglichst Gedanken darüber machen, wie eine optimale Verteidigungsstrategie aussehen könnte.

Seine Frau ist wenig hilfreich dabei, zumal sie gerade die Scheidung eingereicht hat. Für mich auch eine sehr undurchsichtige Frau, obwohl ich L.'s Gedankengang «Wenn nicht Schultz und nicht ich, dann vielleicht Uta?» beim besten Willen nicht nachvollziehen kann.

Apropos Schultz: Über ihn brauche ich Ihnen wohl nichts mehr zu schreiben; die deutschen Zeitungen, Illustrierten und Magazine – auch die, die Sie bei sich drüben in Kalifornien erhalten werden – sind ja voll davon. Ausgerechnet mit diesem Menschen muß nun L.'s Schicksal so eng verbunden sein!

Ja, lieber unbekannter Psychologie-Professor, ich würde mich freuen, wenn Sie Herrn Lachmunds Wunsch entsprechen und bei seiner Entlastung – oder besser, beim Versuch seiner Entlastung – mithelfen würden. Ist es richtig, daß Ihre Zeit in den USA bald abläuft? Dann wäre es doch sehr schön und nützlich, wenn wir uns in Oldenburg, Bremen oder Bramme treffen und die ganze Angelegenheit in aller Ruhe besprechen könnten. Die Ermittlungsbehörden werden Sie ohnehin über kurz oder lang einmal «einvernehmen» wollen. Allerdings herrscht ja dort bekanntlich nicht gerade übertriebene Eile.

In der Hoffnung auf eine baldige Nachricht also und

mit den besten Grüßen
Ihr
Rudolf Grünthaler

Hanns-Ulrich Lachmund
an
Alexander F. Hillermeier

Brammermoor, den 3. März 1983

Lieber Alexander,

nun die ersten Zeilen aus der UuAA Brammermoor, dem vierten Gefängnis, das ich von innen kennenlernen darf, wenn auch diesmal nur als simpler Insasse.

Wie sich die Prophezeiungen der Eltern doch erfüllen! War ich als Kind mal bzw. wieder mal nicht artig, dann hieß es immer: «Du kommst noch mal in die Erziehungsanstalt!» Na bitte!

Du wirst verwundert sein, mich nicht in Tränen aufgelöst zu finden. Nun, das große Heulen und Zähneklappen (nicht -klappern, wie die meisten Leute fälschlicherweise sagen) ist vorbei; es bleiben Phasen tiefster Niedergeschlagenheit – was Wunder! Der Anstaltspsychologe hier konstatiert bei mir einen manisch-depressiven Charakter.

Die manische Phase des heutigen Tages verdanke ich zwei Berliner Kollegen, die ich von ihren vorherigen «Knast-Untersuchungen» her kenne, wie von gemeinsamen Veranstaltungen ihrer FHSVR Berlin mit unserer HÖV in Bramme, die Herren Heinrich und Bosetzky, ersterer ein Psycho-, letzterer ein Soziologe. Sie ziehen gerade von Anstalt zu Anstalt und sammeln Interviews für ihr neuestes Forschungsvorhaben (Arbeitstitel: «Akademiker als Insassen deutscher Haftanstalten»). Ihr respektloser Humor berlinischer Prägung hat mir gutgetan, etwa ihre ironische Gratulation zu meinem Mut als Jurist, die Insassen-Subkultur einmal als teilnehmender Beobachter am eigenen Leibe zu erleben – ob ich wohl für den Günter-Wallraff-Preis aus sei? Ihren neuesten Psychologenwitz dürftest Du indessen kennen: Trifft ein Psychologe den anderen und sagt: «Dir geht es gut – und wie geht's mir?»

Ja, da sitze ich nun vor einem Trümmerhaufen und mache dumme Witze ... Ann-Kristin ist tot, Uta hat die Scheidung eingereicht, und mich erwartet eine Anklage wegen Mordes – was habe ich noch zu verlieren?

Alles nur Galgenhumor!

Fünf Tage habe ich im Krankenrevier zugebracht. Nervenzusammenbruch, Verdacht auf Herzinfarkt. Die ersten Wochen hier waren Folter genug. Ich hab sie überlebt, und sie waren Strafe genug. Ich habe mich als Schwein gesehen und gefühlt, als Unmensch, als durch und durch böse; jetzt allmählich lerne ich aber, mich auch anders zu sehen: als Opfer; als einer, der nur von seinem Recht des Aussteigens Gebrauch machen wollte ... Die beiden Berliner Kollegen haben mich eben in dieser Sicht bestärkt: Für sie war ich ganz offenbar nicht der Schurke, nicht der sozial Aussätzige, sondern der höchst interessante Paradiesvogel, der Held einer unter die Haut gehenden Tragikomödie, der wegen seiner plötzlichen Prominenz sogar schon Beneidete.

Wie auch immer: von hier aus und dieserart läßt sich der Schmerz am besten bekämpfen: Der Schmerz, Uta, die Kinder und Ann-Kristin verloren zu haben. Auch dieses Jahrhundert läßt bei Konstellationen wie der, in die ich geraten bin, ganz offenbar nichts anderes zu als Tod und Trennung, Verdammung und Selbstverdammung – wir haben Ibsen noch lange nicht hinter uns.

Sicherlich bin ich schuldig geworden, zumindest an Uta und den Kindern. Aber dafür habe ich – meiner Meinung nach – in den schrecklichen Nächten hier entsprechend gebüßt und werde es noch lange Jahre lang weiterhin tun müssen, denn sollte ich wirklich davon freigesprochen werden, Ann-Kristin getötet zu haben, so wird es immer wieder böse Zungen geben, die den Freispruch als bloße Machenschaft unter Kollegen bezeichnen werden oder behaupten, wir hätten Schultz viel Geld dafür gegeben, diesen Mord als seinen vierten auch noch auf sich zu nehmen.

Damit werde ich leben müssen.

Und ich will leben, irgendwo draußen neu anfangen, und nicht hier in der Anstalt Brammermoor den Rest meiner Tage zubringen. Ich will nicht für etwas büßen, das ich nicht getan habe! Zugegeben, und es ist ebenso sinn- wie zwecklos, es zu leugnen: Monatelang habe ich alles versucht, «die Klette» wieder abzuschütteln, Du weißt das ja am besten, und «Mordpläne geschmiedet», aber dies doch wohl aus der Vorahnung heraus, daß mit Ann-Kristin die Katastrophe kommen würde. Ein richtiges Gefühl, wie mein Hiersein ja zur Genüge beweist ... Ich hab's gewußt, habe die Szene vom Bahndamm lange, lange kommen sehen: Die Umarmung und das Versprechen, irgendwo neu anzufangen. Es wäre ein zweites Leben gewesen, mit einem Schlag wäre ich zwanzig Jahre jünger geworden – welche Chance, welche Versuchung ...

Wir lösen uns voneinander; ich stürze nach Hause, um Geld und Papiere zu holen, und Ann-Kristin will zwanzig Minuten später bei mir am Auto warten. Vorher aber muß sie noch Frau Kühnemann schnell ihr Herzmittel aus der Nachtapotheke holen und das Notwendigste zusammenraffen.

Das Glück wohnt immer am anderen Ufer – wir waren dorthin aufgebrochen.

Als ich bei uns das Gartentor zudrücke, läuft sie weiter über die Bahngleise hinweg Richtung Uppekamp II, zur Paracelsus-Apotheke, die sich dort in einem der neuen Hochhäuser befindet. Keine zweihundert Meter. Und da irgendwo muß dann der Mörder über sie hergefallen sein ...

Ich hätte mitgehen sollen! Warum bin ich denn bloß nicht mitgegangen?

Sosehr ich mich mit diesem Vorwurf quäle, so einfach ist die Antwort: Ich wollte weg sein, bevor Uta von ihrer Chorprobe zurück war. Statt eines entsetzlichen Dialogs von Angesicht zu Angesicht ein kurzer Brief, und dann ein Telefonanruf von irgendwoher ...

All mein Denken kreist jetzt um diesen Schultz, zumal er hier in der Untersuchungs- und Aufnahmeanstalt genau in der Zelle über mir untergebracht ist, so daß ich jeden seiner Schritte hören kann. In der HÖV haben wir uns mehrmals täglich gesehen; hier ist man natürlich mit allen Kräften bemüht, uns voneinander fernzuhalten.

Schultz, Schultz und immer wieder Schultz! Zeitungen darf ich lesen, und ich weiß selbstverständlich alles über ihn und seine Aussagen; auch aus anderen Quellen ... Er muß Ann-Kristin und mich von seinem Wagen aus beobachtet haben, und unsere Umarmung wird ihn erst so recht angestachelt haben. Als wir uns dann getrennt hatten, muß er wie ein Tier ... Sonst hatte er doch immer so ungemein umsichtig gehandelt, aber diesmal hat er nicht mal auf den hinten an der Endhaltestelle wartenden Bus geachtet. Auch ihm ist das alles zum Verhängnis geworden.

Ann-Kristin würde noch leben, wenn ich mich auch an diesem Abend beherrscht hätte. Was wäre aus ihr, aus uns geworden, hätten wir ein, zwei, zehn Jahre zusammen gelebt? Ist ihr Egoismus nicht so groß und unmoralisch gewesen, daß sich jedes übermäßige Mitleid mit ihr von selbst verbietet?

Fragen, Fragen – und keine Antworten.

Keine Antwort vor allem auf die Frage, warum denn Schultz um alles in der Welt diesen Mord nicht auch noch zugibt, sondern steif und fest behauptet, ich sei es gewesen? Ich verstehe es nicht. Als er noch bei uns an der HÖV Hausmeister war, habe ich ihn doch immer freundlich behandelt ... Ich stehe da vor einem unlösbaren Rätsel!

Eben das ist es ja, was mich so schwer belastet, daß es weder für die Kripoleute noch den Richter einen erkennbaren Grund gibt, an Schultzens Aussage zu zweifeln – ob er den vierten Mord nun zugibt oder nicht, das ist doch völlig ohne Belang für ihn!

Und eines ist sicher: *Wenn Schultz kein volles Geständnis ablegt, bin ich verloren*!

Uta fällt wohl aus, mir zu helfen, und Grünthaler ist zwar ein guter Anwalt, aber doch eben von Hause zu sehr Jurist, als daß er Licht ins Dunkel bringen könnte.

So ruht wieder einmal alle Hoffnung auf Dir, lieber Alexander. Zwei Fragen sind es, zwei Spuren, denen intensiv nachzugehen wäre:

1. Hat nicht Uta doch mit allem wesentlich mehr zu tun, als es

heute den Anschein hat? Hat sie die Familie (ihre Ehe, sich) retten wollen (Du weißt schon wie) und dabei die Rechnung ohne Schultz gemacht? Ich denke manchmal, daß es schon so ist, denn wie könnte es denn anders sein, wenn Schultz nun doch die Wahrheit sagen sollte? Wenn Ann-Kristin wirklich schon tot gewesen ist, als er sich zu ihr niedergebeugt hat? Von Uta erwürgt, die ganz sicher die Kraft dazu hat bzw. hätte. Das erklärte dann ja auch das Fehlen der «magischen» Zeichen.

Es würde aber ein schlechtes Licht auf mich werfen, wenn ich das selber zu meiner Entlastung vorbrächte; das müßtet ihr schon tun, das heißt, Du oder Grünthaler. Ich weiß von Utas Mordgedanken. Wenn sie Dir davon auch geschrieben haben sollte, mußt Du diesen Brief unbedingt der Staatsanwaltschaft vorlegen!

2. Wenn die Möglichkeit Uta ausscheiden sollte: Warum um alles in der Welt will Schultz mich belasten? Das müßtest Du bitte herausfinden. Denn aus welchem anderen Grunde als diesem würde er sonst alles abstreiten? Er weiß doch ganz genau, daß sie mir diesen Mord anhängen werden, wenn er nicht gesteht. Da ist also der Hebel anzusetzen. –

Ist es unverschämt von mir, Dich darum zu bitten, für kurze Zeit einmal für mich so eine Art Privatdetektiv zu spielen? Ja, wenn ich Deine knappe Zeit bedenke und den langen Weg hierher; nein, wenn ich mir vor Augen halte, um was es dabei geht: Freispruch oder lebenslänglich (also mindestens zehn, fünfzehn Jahre Haft).

Ich rechne fest mit Dir!

Herzlichst
Dein Hanns-Ulrich

PS. Meine alten Kontakte zum Anstaltspersonal hier werden, so hoffe ich jedenfalls, noch gut genug sein, diesen Brief unzensiert und ohne Zeitverlust in den nächsten Postkasten zu bekommen.

Prof. Dr. H. Bosetzky /
Prof. Dr. P. Heinrich
(Fachhochschule für Verwaltung und Rechtspflege Berlin)
an
Prof. Dr. H.-U. Lachmund

Berlin, den 8. 3. 83

Sehr geehrter Herr Kollege Lachmund,

nach unserem Gespräch mit Ihnen waren wir von Ihrer Haltung in der für Sie doch äußerst belastenden Situation sehr beeindruckt. Für Ihre freimütigen und detailreichen Auskünfte danken wir Ihnen herzlich. An einer zusammenfassenden Dokumentation all jener Ereignisse, die zu Ihrer jetzigen deprimierenden Situation geführt haben, sind wir weiterhin außerordentlich interessiert. Gern kommen wir Ihrem Wunsch nach, Ihnen ein Exemplar unseres Buches «Mensch und Organisation» zu schicken. Wir legen dieser Sendung auch gleich noch die Kopie eines Artikels über «Identifikationsverläufe» bei, der kürzlich in der Sozialpsychologischen Umschau erschienen ist und der Ihr Verständnis für die Handlungsweise der «Klette» (welch anschaulicher Name!) vertiefen könnte. Ihren Wunsch nach Literatur über Suicide haben wir an den Geschäftsführer der Deutschen Gesellschaft für Selbstmordverhütung weitergeleitet, der auch zugesagt hat, Ihnen bei Gelegenheit einige einschlägige Titel zukommen zu lassen.

Seien Sie unserer Hochachtung sicher und setzen Sie sich bitte jederzeit mit uns in Verbindung, wenn Sie den Eindruck haben, daß wir Ihnen helfen könnten.

Mit freundlichen Grüßen
Ihre
H. Bosetzky und P. Heinrich

Alexander F. Hillermeier
an
RA Rudolf Grünthaler

Los Angeles
22–2–83

Sehr geehrter Herr Grünthaler,

haben Sie herzlichen Dank für Ihr Schreiben, in dem Sie mir vorschlagen, bei der Entlastung meines Freundes H.-U. Lachmund mitzuwirken, den ich als Freund natürlich von Herzen gern für unschuldig halten möchte – trotz aller belastenden Informationen und Indizien, die gegen ihn sprechen. Vielen Dank übrigens, daß Sie gleich so viel Materialien, insbesondere auch die Vernehmungsprotokolle mitgesandt haben. Selbstverständlich werde ich darüber Stillschweigen bewahren.

Ich bin nur einerseits so hilflos, von hier aus einen Fall aufklären zu sollen, an dem erfahrene Praktiker wie Sie einerseits und diese Herren Kämena und Stoffregen andererseits vor Ort arbeiten. Wenn überhaupt, so ist es andererseits gerade meine Distanz zu den Personen, Orten und Ereignissen, die es mir ermöglichen könnte, ein paar hilfreiche Gedanken beizusteuern.

So notiere ich denn ganz einfach ein paar Fragen, die sich mir beim Studium Ihrer Unterlagen gestellt haben. Es wäre schön, wenn Sie die Antworten finden könnten.

Was *Uta Lachmund* betrifft: Mir fällt auf, daß bisher in keinem Schriftstück von einem Alibi die Rede ist. Offensichtlich gehen alle davon aus, daß Hanns-Ulrichs Hinweis auf ihren Chor-Abend genügt, um ihre Täterschaft auszuschließen. Dabei ist bei ihr doch nach wie vor ein Motiv gegeben: Selbst wenn sie sich innerlich schon von ihrem Mann gelöst haben sollte, könnte ihre Verbitterung über die ehezerstörende Rolle der Klette groß genug sein, einen Mord zu begehen. – Oder wissen Sie etwas von einem hieb- und stichfesten Alibi?

Zu *Schultz*: Die Argumentation der Polizei klingt einleuchtend. Welches Interesse sollte er daran haben, einen Mord, der ihm selbst nicht mehr schaden kann (ich meine hinsichtlich des Strafmaßes) einem Menschen in die Schuhe zu schieben, den er als zuvorkommend und vornehm bezeichnet? Oder hat er doch einen Grund, den er bisher verschweigt? Hatten die Männer an der HÖV irgendwelche Probleme miteinander? Hat Hanns-Ulrich ihm einen beruflichen Aufstieg vermasselt oder so was ähnliches? – Mir fällt außerdem im Verhör von Schultz die Bemerkung auf, daß er sich trotz seines Versuches nicht von seinem Trieb habe befreien können. Das ist mir unverständlich. Hat er vielleicht eine erfolglose Therapie hinter sich? Dann müßte man unbedingt den Therapeuten ausfindig machen! Oder ist er operiert worden? Oder hat er gar einen Suicid-Versuch hinter sich? Dem müßte man schnellstens nachgehen.

Lachmund selbst: Warum hat er sich nicht früher nach seiner Freundin umgesehen, als diese nach der vereinbarten Zeit nicht erschienen ist? Wenn ich den Polizeibericht richtig lese, hat er weitere 30 bis 40 Minuten im Auto gewartet, bevor er auf die Suche nach ihr gegangen und damit der Polizei in die Arme gelaufen ist.

Und, last and least, *Frau Kühnemann*: Hat sich jemand Gedanken gemacht, ob nicht auch sie ein Motiv haben könnte? Was haben die beiden Frauen in ihrem Haus miteinander erlebt? Hatten sie irgendwelche Konflikte, vielleicht gar Eifersüchteleien wegen des Herrn Professors, oder hat Frau K. vielleicht auch für die «arme Frau Professor» Partei ergriffen? Sie hatte ja schließlich nicht viel zu verlieren, und sie wußte von Frl. Angeleidts Absicht, den Weg Richtung Uppekamp einzuschlagen.

Vielleicht finden Sie einige Fragen absurd, lieber Herr Grünthaler, aber nur darin kann mein Vorteil liegen: daß ich mich von den «normalen» Wertungen der Dinge frei mache und vorurteilslos frage. Sich vom Selbstverständlichen frei machen, in der dritten Dimension denken und so ähnlich nennen das die Denkpsychologen.

Ich werde meine Zelte hier bald abbrechen. Am 15. 3. werde ich zurückfliegen und mich wieder im gemütlichen Gießen einnisten. Von dort aus melde ich mich dann telefonisch, damit wir einen Treff-Termin vereinbaren können. Aber wenn es Ihre Zeit erlaubt, dann schreiben Sie mir doch vorher noch einmal hierher. Ich bin jetzt doch sehr in Unruhe!

Bis dann,
mit freundlichen Grüßen
Hillermeier

PS. Noch etwas fällt mir ein, das nicht recht zu passen scheint: Wenn L. seine Klette umgebracht hat, dann muß er sie ja wohl ein ganzes Stück zur Unterführung unter den Bahndamm geschleift haben, denn dort ist sie ja gefunden worden. Würde er das machen? Aus welchem Grund? Und würde sie dann wirklich mit dem Kopf in Richtung Bramme liegengeblieben sein, also entgegengesetzt zur Schleifrichtung?

Rudolf Grünthaler
an
Alexander F. Hillermeier

Oldenburg, den 7. 3. 1983

Sehr geehrter Herr Hillermeier,

ich habe mich sehr darüber gefreut, daß Sie auf unser Anliegen positiv reagiert haben und bereit sind, uns in unseren Bemühungen zu unterstützen. Ihre Fragen haben schon zu allerlei Aktivitäten Anlaß gegeben. Die Kripo hier ist verständlicherweise nicht sonderlich begeistert, daß wir ihr ihre Theorien nicht so ohne weiteres abnehmen und ihr noch zusätzlich Arbeit verschaffen.

Da mußte erst einmal Frau Lachmunds Alibi überprüft werden. Stoffregen, dem das sehr peinlich war, hat zugeben müssen, in diesem Punkt doch nachlässig recherchiert zu haben. Er hat jetzt folgendes herausbekommen: Uta L. war tatsächlich von 20 Uhr bis ca. 22.30 Uhr bei der Chorprobe der Brammer Sänger-Assoziation, ist dann aber nicht mit dem Bus nach Hause gefahren, wo sie normalerweise – nach kurzer Plauderei mit den Sangesschwestern und -brüdern – so gegen 23.00 Uhr oder kurz danach ankommt. Vielmehr ist sie an diesem Abend noch mit dem Chorleiter und dessen Freundin, mit der sie selbst auch eng befreundet ist, auf ein paar Glas in deren Bungalow mitgegangen, den beide zum Entsetzen aller anständigen Brammer Bürger gemeinsam, aber unverheiratet bewohnen. Mir ist dabei aufgefallen, daß sie – Stoffregen hat das ordentlich mitgeschrieben – nicht einfach «auf ein paar Glas Wein» sagte, sondern den Namen des Weins einschließlich Rebsorte genannt hat. Hat sie ein so gutes Gedächtnis? Denn wer weiß schon, was für eine Weinsorte er spätabends bei Freunden getrunken hat? Oder handelt es sich vielleicht um eine bewußte Ausschmückung des Alibis, das phantasiereich erdacht war und dann quasi schön garniert aufgetischt wurde?

Frau Kühnemann dürfen wir streichen; sie hat ein schweres Herzleiden, das sie am schnellen Laufen hindert, und sie ist wohl auch sonst kaum imstande, eine solche Tat auszuführen. Vor allem aber hat sie ganz korrekt beobachtet, daß L. so gegen 23.00 Uhr in sein Haus gestürzt kam und sich kurze Zeit später mit einer kleinen Reisetasche in sein Auto gesetzt hat. Der Mord muß um diese Zeit bereits geschehen sein, falls L. der Täter war, oder kurz darauf erfolgt sein, falls Schultz oder sonst jemand in Frage kommt.

Die von Ihnen monierte Wartezeit von Lachmund selbst ist nach seinen Worten eine «Krisenzeit unentschiedenen Wankens» gewesen. Er sei sich vorgekommen wie «weiland Buridans Esel». Ich habe darüber mit ihm gesprochen, allerdings nicht erwähnt, daß Sie diesen Gedanken ins Spiel gebracht haben. Ist Ihnen das recht so? Er hat versucht, mir klarzumachen, wie intensiv und von Spannungen zerrissen er diese halbe Stunde erlebt habe. Da stand er am Anfang eines neuen Lebens, bereit, alle Zelte hinter sich abzubrechen. Sah dann aber auch seinen Beruf vor sich, die Schwierigkeiten, seine Hochschulkarriere aus der Position eines «dem Gefüge bürgerlicher Konventionen Entwichenen» (so er selbst) weiter zu verfolgen. Dann aber wieder von einer Art Schicksalsgläubigkeit überwältigt, so daß ihm seine Verbindung mit der Klette als unabwendbar und gottgewollt erscheinen mußte. Und schließlich der Gedanke an seine Kinder, an ihre traurigen und ungläubigen Augen, wenn sie von seinem Entschluß hören würden. Unfähig sich zu entscheiden ... Für die Polizei ist diese Zeit im Auto – einschließlich dieser seiner Erläuterungen – lediglich ein weiteres Indiz für Herrn Lachmunds Täterschaft.

Schultz bleibt bei seiner Darstellung. An seine Bemerkung wegen des erfolglosen Versuches, sich von seinen Trieben zu befreien, wollte er sich erst gar nicht erinnern können. Nachdem man ihm sein Protokoll vorgehalten hatte, rückte er schließlich damit heraus, daß er während seiner Haftzeit in der JVA Dillen einen Antrag auf

Genehmigung einer psychochirurgischen Operation gestellt habe, um damit endlich von seinen sexuellen Impulsen loszukommen. Wegen der geringen Erfolgschancen und der großen Risiken bei solchen Operationen sei ihm aber damals von der Gefängnisleitung keine Genehmigung erteilt worden. Schultz soll darüber sehr deprimiert gewesen sein, wie mir ein Gefängnisgeistlicher berichtete, der ihn damals öfters besucht hat und mit dem ich wiederum durch gemeinsam organisierte Demonstrationen verbunden bin. Schultz darüber jetzt lakonisch: «Da seht ihr ja, was dabei rausgekommen ist. Drei Morde, und es hätten auch noch mehr werden können, wenn mir bei der Lachmund-Zische nicht jemand zuvorgekommen wäre.»

Da sind wir also mit unserem Kriminalisten-Latein noch nicht viel weiter. Und solange wir keine neuen Informationen erhalten, werden Sie aus der Ferne auch kaum Licht ins Dunkel bringen können, nehme ich an.

Mich drängt es freilich zum Schluß, noch eine Frage zu stellen, deren Offenheit Sie mir verzeihen mögen; Ihre eigene wissenschaftlich-neutrale Haltung ermuntert mich dazu: In Ihrem Schreiben vom 22. 3. 83 erwähnen Sie die Tatsache, daß die Ermordete mit ihrem Kopf «in Richtung Bramme» liegengeblieben sei. In den Akten ist darüber nichts vermerkt. Ich kann mich auch nicht erinnern, selbst etwas darüber geschrieben zu haben. Hat Herr Lachmund Ihnen von diesem Detail berichtet? Oder wie kamen Sie sonst darauf? Ich habe unter einem Vorwand Herrn Kämena, den die Untersuchung leitenden Kriminalbeamten hier, nach der Lage der Leiche gefragt, und er hat mir Ihre Angabe bestätigt. Woher wußten Sie das?

Ich hoffe, sehr geehrter Herr Hillermeier, daß dieser Brief Sie noch eben in Los Angeles erreicht (sicherheitshalber schicke ich eine Kopie an Ihre Gießener Adresse), bevor Sie der Neuen Welt den Rücken kehren. Seien Sie doch so nett und melden sich nach Ihrer Rückkehr einmal bei mir.

Mit freundlichen Grüßen
Ihr
Rudolf Grünthaler

Telegramm Hillermeier an Grünthaler

Los Angeles
11–3–83

Keine Sorge stop habe hier sicheres Alibi stop bitte dringend erfragen: wie hiess Anstaltsleiter der Schultz Operation verweigert hat?
Stop

Grüsse Hillermeier

Auszug
aus dem «Brammer Tageblatt»
vom 25. 3. 1983

... hat Schultz nun auch gestanden, die zwanzigjährige Studentin Ann-Kristin Angeleidt erwürgt zu haben. Er habe dies aber nicht getan, um sich an Professor Lachmund zu rächen. Der Gedanke, den Hochschullehrer der hiesigen HÖV so schwer zu belasten, sei ihm erst später gekommen. Für Schultz ist Lachmund der Hauptschuldige an seinem, Schultz's, Schicksal und den vier Morden, die er hier in Bramme begangen hat. Nur weil Lachmund ihm im Jahr 1977 in seiner Funktion als Leiter der Haftanstalt Dillen die Genehmigung zur Kastration verweigert habe, sei es später zu diesen Untaten gekommen. «Der Lachmund ist doch schuld an allem, der hat ja damals nicht mal zehn Minuten Zeit für mich gehabt! Darum hab ich ihm auch den Mord der Angeleidt anhängen wollen. War ja auch 'ne günstige Gelegenheit.»

Der Präsident der HÖV, *Prof. Hirsch-Lampert,*
an
Hanns-Ulrich Lachmund

Bramme, den 4. 5. 1983

Lieber Kollege Lachmund,

niemand hat sich mehr darüber gefreut als ich, daß es nun in Ihrem Falle gar nicht erst zur Eröffnung des Hauptverfahrens gekommen ist, mit der Gefahr für Sie, nach § 260 StPO nur einen Freispruch zweiter Klasse zugebilligt zu bekommen – Sie kennen ja diese rufmörderischen Formulierungen, daß der Angeklagte der Tat nicht überführt sei –, sondern daß sich schon im vorhinein Ihre völlige Unschuld am Tode unserer Studentin Ann-Kristin Angeleidt erwiesen hat. Herzlichen Glückwunsch also, auch im Namen aller Kollegen!

Wir haben in letzter Zeit natürlich viel an Sie denken müssen, und auch die Nachricht, daß der Arzt Sie nun erst einmal für vier Wochen zur Kur geschickt habe, hat unser Mitgefühl für Sie wach werden lassen. Im Zusammenhang damit ist nun bei der letzten Hochschullehrervollversammlung die Frage aufgeworfen worden, ob eine sofortige Rückkehr an Ihre alte Wirkungsstätte nicht doch eine zu starke Belastung für Sie darstellen könnte, denkt man an die Schwierigkeiten, die Sie mit den teilweise sehr aggressiv gestimmten Studenten bestimmter Jahrgänge haben werden, wie an die zu erwartenden verstärkten Kontrollmaßnahmen unserer Fachaufsicht, die das Ganze nicht als Einzelfall und Sie nicht als Opfer einer nymphomanisch gewordenen Studentin sehen, sondern als Indiz dafür, daß wir regelmäßig Orgien mit unseren Studentinnen feierten – womit sich ja dann letztendlich auch die überdurchschnittlich guten Abschlußnoten unserer HÖV erklärten ... (Ich schreibe Ihnen dies natürlich nur als Privatmann und Kollege und nicht in meiner offiziellen Rolle als alter und neuer Präsident der HÖV.)

Ja, lieber Lachmund, ich habe mir lange den Kopf darüber zerbrochen, wie Ihnen wohl am besten zu helfen sei, und bin dabei auf meine alten Freunde im Justizministerium gekommen. Nach einigen Arbeitsessen ist man nun «höherenorts» tatsächlich bereit, mir und Ihnen zu helfen, indem man Ihnen bei der Besetzung der freigewordenen Stelle eines Leitenden Regierungsdirektors in der Abteilung V die besten Chancen einräumt – sollten Sie sich wirklich darum bewerben und das förmlich notwendige Verfahren der Stellenbesetzung wie geplant abläuft. Sie hätten die Oberaufsicht über alle Justizvollzugsanstalten unseres Bundeslandes zu übernehmen und dürften dabei natürlich Ihren Professorentitel weiter führen. Zwar entfiele dann die Lehrgeldpauschale für Sie, aber alles in allem wäre es doch als Avancement zu werten, das Ihnen auch eine eventuelle Rückkehr in den Hochschulbereich für späterhin auf keinen Fall verbaut. Und der mit der Übernahme des neuen Amtes verbundene Wohnortwechsel dürfte Ihnen ja in Ihrer derzeitigen Situation durchaus willkommen sein.

Gleichviel, es ist nur ein hilfreiches Angebot unsererseits, und Sie haben noch bis zum Monatsende Zeit, sich zu entscheiden.

Vorerst wünsche ich Ihnen vor allem gute Erholung und das baldige Wiederfinden des notwendigen inneren Gleichgewichts.

Mit den besten Grüßen
– auch im Namen aller Kollegen –
Ihr
Rainer Hirsch-Lampert

Hanns-Ulrich Lachmund
an
Alexander F. Hillermeier

Hannover, den 7. Oktober 1983

Lieber Alexander,

da soeben der Prozeß gegen Schultz zu Ende gegangen ist, in aller Eile ein Brief nach Gießen.

Schultz hat nichts widerrufen, wie von mir (und Grünthaler) doch immer noch im geheimen befürchtet, sondern sich bis zum Schluß voll zu seinen vier Taten bekannt und dabei auch den letzten Mord so präzise geschildert, daß nun, was mich betrifft, auch die allerletzten Zweifel ausgeräumt sein dürften. Das Urteil: Lebenslänglich plus Sicherungsverwahrung bei vorzeitiger Entlassung.

Das wäre also abzuhaken, und ich verbiete mir zu denken, was ich gern denken möchte.

Aussprechen aber darf ich, was ich Dir gegenüber empfinde: Dank für all das, was Du für mich getan hast. Oder – um es auf eine weniger emotional-sentimentale Ebene zu bringen: Du warst ein großartiger Detektiv! Wie Du da hinter das Schultz'sche Rachemotiv gekommen bist, das ist schon großartig gewesen. Ehre, wem Ehre gebühret!

Ich habe mich natürlich betroffen gefragt, wieso mir mein früherer Kontakt mit Schultz nicht schon viel eher wieder eingefallen ist. Aber das wäre zuviel verlangt von Kommissar Zufall.

Ich war in insgesamt vier Justizvollzugsanstalten und dann auch noch einige Zeit im Justizministerium mit solchen und ähnlichen Fällen bzw. Entscheidungen betraut – wie soll ich mich da ausgerechnet an einen Mann namens Schultz erinnern? Nur in wenigen Fällen hatte ich Zeit und Gelegenheit, mit den Betroffenen noch zu sprechen; zumeist habe ich eben rein «nach Aktenlage» entschieden ... Ich weiß, die totale Arbeitsüberlastung von damals befreit mich nicht von meiner Schuld, aber ich muß doch immer wieder auf sie verweisen, um anderen die ganze Sache verständlich zu machen.

Ja, was wäre, wenn ... Wenn ich damals in Dillen mehr Zeit für den Häftling Erwin Schultz gefunden hätte?

Vorbei!

Dir geht's also gut. Und mir? Ich habe hier in Hannover in der Nähe des Maschsees ein kleines Apartment gefunden und lebe als Junggeselle wie als Workaholic so langsam vor mich hin. Der übliche Trost für Männer meines Schicksals – schnell eine neue Frau bzw. Freundin – bleibt mir ja (verständlicherweise) verwehrt. Nach all dem, was gewesen ist, mag und kann ich keine neue Bindung eingehen. Da ich zum Homosexuellen wenig tauge, ist nur allzuleicht auszurechnen, was jetzt aus mir werden wird: ein vergnatzter Sonderling.

Du merkst, ich werde langsam larmoyant. Als ich neulich bei einer Dienstreise nach Bramme mehr zufällig als bewußt bei uns («bei uns»! – Wie langsam man nur davon loskommt!) bei Uta also vorbeigefahren bin, da ... Nun ja, Du kannst Dir das selber ausmalen – es ist ebenso bitter wie schnulzig.

Das war anläßlich der routinemäßigen Inspektion der Justizvollzugsanstalt (JVA) Brammermoor.

Was meinst Du wohl, wer mir da bei meiner Ankunft triumphierend aus seinem Zellenfenster zugewinkt hat? Schultz natürlich ...

So schließt sich denn der Kreis.

Mit herzlichen Grüßen
Dein
Hanns-U.

PS. Eben ruft Uta an: Ob ich nicht am Sonnabend zum Kaffeetrinken nach Bramme kommen wolle? Nicht nur die Kinder würden sich freuen ...